IDOL
ARACTE
>>> 葉雨宸
PROFILE
以難得一見的超優質外貌與歌聲
飛快走紅的新生代男神。
平時表現得像花花公子，實際上
卻純情又孩子氣。
Yu-Chen Ye
MUSIC
SINGING

POLICE
CHARACTER
>>> 洛倫佐・金・哈克・蘇迪
PROFILE
宇宙警部第一王牌，因某起事件被「調任」至科技落後的偏遠星球，化名「蘇迪」擔任葉雨宸的助理。氣勢冷硬、不苟言笑，卻十分照顧人。
IEN
Suedi
ASSISTANT

GOBOOKS & SITAK GROUP ©

三日月書版

三日月書版

冰島小狐
Illust.高
VOL.1
外星警部
入侵注意
輕世代
FW278
三日月書版

ALIEN INVASION ALERT!

外星警部入侵注意

CONTENTS

ALIEN INVASION ALERT! 外星警部入侵注意

>>>CHAPTER.1

外星警部入侵注意

晨光影視公司的會議室裡，一場嚴肅的對話正在進行中。

「莉莉已經提出辭呈正式離職，那麼，只能重新招聘一名助理了。雨宸，要求不變吧？」

「呃……」

「長髮長腿大胸部？」

「唔……」

「啊對了，還要加上一點，要對香水有研究而且有品味對吧？」

「我在想，不如這次徵個男助理吧。」

會議室因為這句話而陷入沉寂，除了發出驚人之語的葉雨宸外，所有與會者的眉頭都忍不住跳了一下。

一秒鐘後，他們面面相覷，懷疑自己的耳朵是不是短暫地出了問題。

自出道以來就人氣爆棚，現在更是達到事業巔峰的超級巨星葉雨宸，身邊一直環繞著無數美女名媛，女助理更是一個比一個漂亮、一個比一個身材好。然而現在，他卻破天荒地說要招聘一名男助理？

經紀人陳樂眨了眨眼，第一個發出疑問：「雨宸，你確定嗎？你以前不是說女助理有助於提高工作熱情？尤其是身材好夠養眼的。」

要知道，葉雨宸的歷屆女助理全都是天使面孔魔鬼身材，隨便挑一個出來看都不比業界女明星差，只可惜，這些女助理的任期通通沒超過三個月。

至於離職理由，基本上都差不多，不是男朋友不同意，就是老公強烈反對。

沒辦法，誰叫葉雨宸帥到沒天理，又有一雙隨時隨地放電的迷人電眼，以至於身邊的女性很容易就變成花痴，而她們的另一半，自然沒辦法接受這種狀況。

會議桌邊，穿著一身瀟灑休閒服、透出一股陽光氣息的人氣偶像單手撐著下巴，用哀怨的口氣回答：「沒辦法啊，我不想再被人質疑是會行走的生殖器了，這樣我很困擾耶。」

聽到這句話，陳樂和一干工作人員全都不自然地別開了視線。

此刻，他們心中不約而同地吐槽：拜託，雖然你從來不對女助理下手，但她們確實都是你的緋聞女友啊！

作為助理，一天二十四小時中除了睡覺時間之外，幾乎都會陪在葉雨宸身邊，這樣俊男美女的搭配，怎麼可能不引起外人的遐想嘛。

何況葉大明星從來不會刻意保持距離，加上他對女性又一向溫柔有加，紳士風度堪比英倫貴族。在這種情況下，就算只是普通的對視，都會被娛樂記者描繪成眉來眼去地調情。

而公司方面，既然清楚他不會對女助理下手，那麼緋聞傳開的時候自然不會刻意去解釋。畢竟，哪個明星不歡迎炒作啊。

「所以，」無視眾人臉上精彩的表情，大明星用手指敲了敲桌面，信心十足地下了結論。「這次就找個男助理吧，我不想再每隔三個月就要重新適應一次新助理了。」

陳樂當機的大腦在這時恢復了運轉，他輕咳一聲，抬手推了推鼻樑上的金框眼鏡，一本正經地問：「那麼，有什麼要求嗎？」

葉雨宸摸了摸下巴，思考片刻後露出燦爛的笑容。「高大威猛，夠養眼。」

聽到這句話的眾人嘴角同時抽了抽。

喂喂，雨宸啊，你這副興致勃勃的樣子到底是怎麼回事？不要一副打算往後和男助理鬧緋聞的架式好嗎！

雖然大明星突然改變口味想要一個男助理，這件事被公司上上下下所有人吐槽了一遍，但是對於這個「小小」的要求，公司當然必須全力滿足。

於是，一場男助理招聘會，就這樣在無數美女跌破眼鏡捶胸頓足的情況下正式開始了。

「我實在太驚訝了，報名人數居然達到了五位數，我就說嘛，雨宸是男女通吃的萬人迷！」報名截止那天，負責整理資料、同時也是葉雨宸資深粉絲的夏玲興奮地說道。

經紀人陳樂站在旁邊看著那疊小山般高高堆起的應徵文件，眼鏡鏡片反射出一片逆光。

「看來是時候考慮讓雨宸轉型了。」

葉雨宸二十歲出道，演唱影視雙向發展，由於三六〇度無死角的完美外表，再加上柔情似水的音色，一直是當之無愧的女性殺手。

據市場統計，下至十三歲少女，上至八十三歲老太太，全都被他迷得團團轉。

因為在女性中無可比擬的人氣，公司這幾年為他安排的工作自然也以服務女性為主，比如唱歌要走深情路線，影視劇則以愛情故事為主。

雖然葉雨宸本身對工作不太挑剔，只要是簽下的合約都會力求完美做到最好，但是看得出來，他對那些沒什麼挑戰性的工作已經開始有點倦怠了。

嗯，是時候讓他走出固定模式了，再不給這小子找點難關闖闖，他說不定哪天就會罷工了。

那傢伙，雖然臉上總是一副無所謂的樣子，但其實是喜歡面對挑戰的類型呢。

這樣想著，陳樂摸了摸下巴，喃喃自語起來：「看來我要去聯絡一下陸導，請他在新劇裡幫雨宸安排一個角色。」

一句話，讓辦公室陷入一片寂靜，工作人員全都轉過頭，驚訝地看著陳樂，表情就像見鬼了一樣。

陳樂注意到他們的樣子，眨了眨眼，疑惑地問：「怎麼了？你們幹嘛這樣看著我？」

離他最近的夏玲立刻激動地握拳，眉飛色舞地問：「樂哥你終於想通了？之前陸導來談了幾次都失敗，我還以為沒指望了呢。啊呀，太棒了！聽說這次的電影有全裸鏡頭，這下可以大飽眼福啦。」

夏玲說著，口水都要流下來了。

啊呀呀，陸導可是圈內的名人啊，拍攝風格一向特立獨行，尤其偏好同性題材。她本來力邀雨宸出演她的下一部電影，但因為題材的關係被樂哥一口回絕，沒想到，事情竟然出現了轉機！

陳樂的額頭上滑下一滴大大的冷汗，如果剛才他還沒反應過來的話，現在看著夏玲兩眼冒光的樣子也徹底懂了！

所以啦，就說公司不能雇用這樣的腐女嘛，整天這樣對他們家雨宸想東想西真的好嗎？

「咚」一聲，陳樂毫不客氣地賞了夏玲一顆暴栗，咬牙切齒地說：「我說的是陸韓導演，不是妳心裡那個陸勝男導演！」

「啊——」夏玲失望地拉長了哀號，「什麼嘛，樂哥你說轉型什麼的，太誤導人了啦。」

「廢話，陸韓的電影主打硬漢型的角色，和雨宸之前的影視形象完全不一樣，這樣難道不算轉型嗎！」

在陳樂震怒的吼聲之下，夏玲不得不抱著頭縮起脖子，小聲地道歉。討厭，人家只是隨便腦補一下嘛，有必要發這麼大的脾氣嗎，嗚嗚嗚……

陳樂無言地看著夏玲縮成一團的委屈樣，推了推鼻樑上的眼鏡，冷哼著說：「有空在這邊胡思亂想，不如專心去工作。今天報名截止，三天內挑出五十個候選人，然後開始面試。」

「什麼?!」夏玲張大嘴哀嚎起來，「三天？五十個？樂哥，這裡可是有五位數的候選人耶！」

報復！絕對是報復！

不過就是隨便腦補了一下，有必要這樣公報私仇嗎？三天篩選一萬多份履歷，沒有這樣壓榨人的啊。再說我也還有其他工作要做，又不能整天光坐在電腦前看履歷就好。

夏玲想著，兩眼浮現水氣，雙手合十、可憐兮兮地看向陳樂，看起來簡直一副被人始亂終棄的樣子。

陳樂卻完全不吃她這套，大手一揮、轉身就走，聲音輕飄飄地傳了回來：「別廢話了，趕快開始吧。記得，高大威猛夠養眼。」

一句話讓整個辦公室靜了幾秒，隨後眾人就像被鞭子抽到的騾子，飛快地忙碌起來。

不過事實證明，光是高大威猛夠養眼這一點，就已經足夠淘汰大部分的候選人了。再加上工作經驗、學歷等基本條件比較，篩選工作倒是進行得比預期還要快很多。

三天後的中午，五十名候選人的履歷已經整齊地疊在陳樂的辦公桌上了。

「面試就從明天上午九點開始吧，通知候選人做好準備。」

「好呦，沒問題。」

接到上司的命令後，夏玲心情愉悅地走出辦公室。

啊，終於可以打電話給候選人啦，太好了，這些萬中選一的帥哥，聲音應該也很好聽吧，嘿嘿嘿嘿……

與此同時，剛剛結束通告工作回到家的葉雨宸，也接到了陳樂的電話。

「雨宸，明天上午九點開始面試，沒問題吧？」

「OK啊，最近反正很閒嘛。」

隨口的一句回答，陳樂卻嗅出了一絲抱怨的味道。雨宸那傢伙，果然是覺得最近的工作都很無聊吧。

「對了，陸韓的新電影過兩天就要試鏡了，他想找你出演第二男主角，怎麼樣，有沒有興趣？」陳樂順勢提起這個話題，當然，他不會說這個角色其實是他主動去找陸韓要的。

一聽有機會參與陸韓的電影，葉雨宸的態度果然變得積極起來，立刻換上了輕快的語調。

「真的嗎？當然有興趣！」

「我就知道。那我等等把劇本寄給你，這兩天你就用心準備一下吧。」

「沒問題，我絕對會拿下這個角色的。」

聽著電話那頭自信滿滿的聲音，陳樂幾乎可以想像葉雨宸此刻的樣子。那傢伙，大概正在沙發上興奮地滾來滾去吧。

與大眾印象中沉穩迷人的白馬王子形象不同，日常生活裡的葉雨宸其實性格十分開朗活潑，甚至開心起來還會有點脫線。

電話另一頭，興奮狀態中的某人正如陳樂的想像，在沙發上開心地打滾，手裡的電話線都快被扯斷了。

「雨宸。」

「在——」

拉長的音調透著滿滿的快樂，陳樂聽著，不自覺地勾起了嘴角。這傢伙，感染力還是這麼強，隔著電話都能讓人感受到他的情緒。

「明天早上九點，別忘了。」

「我知道我知道，阿樂你才是別忘了寄劇本過來。」

掛斷電話，大明星激動地一把抓起在茶几上捲成一團睡覺的貓，摟進懷裡激動地邊滾邊大喊起來：「太棒了，雪團，我終於可以演硬漢了！」

雪團，葉雨宸養了兩年的寵物貓，通體雪白，眼睛是深沉的藍色。因為真的很漂亮，每一任女助理都拜倒在她的貓掌之下。

「喵——」被擠進懷裡差點窒息的貓咪發出抱怨的叫聲，同時伸出肉嘟嘟的貓掌，狠狠拍了拍主人的臉頰，表情似乎在說：快放開我，你這個笨奴隸！

沉浸在興奮之中的葉雨宸完全不介意打在臉上的「貓貓拳」，兩手高舉愛貓轉著圈，喃喃念了好幾聲「硬漢」之後，才想起什麼似地說：「啊對了，這次要招聘男助理了。雪團我跟妳說喔，男人不比女人細心、也不見得會喜歡妳，妳可不要太欺負人家喔，不然以後我沒空回來的時候就沒有人餵妳啦。」

說著，他把雪團舉到臉前，親暱地蹭了蹭牠的鼻子，而雪團就像能聽懂人話似地眯起眼睛，兩隻前爪還交叉起來，彷彿在質問自己的奴隸怎麼能找個不解風情的男助理。

「哈哈，沒辦法，女助理太麻煩了，莉莉她老公每次來接她都用很恐怖的眼神盯著我，妳不會懂的啦。」

聽到這句話，雪團從葉雨宸手裡掙脫出來，大喇喇地跳到主人肩上，用尾巴拍了拍他另一側的肩膀，彷彿在說：其實，我都懂。

看到愛貓如此善解人意，葉雨宸嘿嘿笑了起來，開口想再說點什麼，卻被「叮咚」的聲音打斷。那是他隨手丟在單人沙發上的筆電發出的提示音效，一定是陳樂寄劇本來了，葉雨宸立刻跳起來手舞足蹈地撲過去。

輕鬆跳到沙發背上的雪團看著主人全情投入的樣子，長長的尾巴開始重重地抽打椅背，心裡抓狂地吶喊：喂，笨奴隸，我們還沒吃午飯耶！

「喵嗚，喵嗚，喵喵嗚——」

一大清早，歇斯底里的貓叫聲在整棟屋子裡回蕩，被吵醒的葉雨宸崩潰地用被子蒙住腦袋。

天哪，誰來救救他，快把雪團帶走吧，他真的好想睡啊。雖然手機鬧鐘已經響了八百遍，但是眼皮就是睜不開，他昨晚可是通宵在看劇本耶。

心裡這麼想著，葉雨宸的意識開始抽離身體，就在他又要睡回去的時候，房門「嘭」一聲被人從外面打開。兩秒鐘後，不算重的分量跳上他的肚子，然後瘋狂地蹦跳踐踏起來。

「靠，雪團妳發什麼神經！」徹底被逼瘋的男人猛然坐起，頂著一頭亂髮大吼一聲，怒目瞪向他的愛貓。

雪團昂著頭毫不畏懼地和他對視了幾秒，接著撲到床頭櫃上，尾巴用力地在鬧鐘邊拍了拍。

葉雨宸的視線追過去，當接觸到指針的時間時，猛然發出慘叫：「啊啊啊啊，完蛋了我遲到了！！！」

十分鐘後，雪團站在窗臺上看著不靠譜的主人開著車狂飆而去，無奈地搖了搖頭，跳下窗臺，跑到牠的牛奶盤前吃早餐去了。

上路不到三分鐘，手機再度尖叫起來，葉雨宸看著上面的來電號碼，頭皮一陣發麻，猶豫了幾秒鐘才接起電話。

果然，吼聲立刻從聽筒那頭傳了過來：「葉雨宸！現在幾點了！不是說好九點到的嗎？你知不知道全公司都在等你！」

「抱歉抱歉，阿樂，莉莉離職，雪團又晚叫我起床，我不小心睡過頭了。」用可憐兮兮的語氣解釋著，葉雨宸腳下猛踩油門，左彎右拐努力抄近路。

聽著耳邊傳來的汽車引擎聲，陳樂知道自己不能再吼了，不然那傢伙萬一有個什麼好歹，他可無法向公司交代。

不過，能不能讓他吐槽一下？雪團，那不是隻貓嗎？你一個大活人要一隻貓叫你起床？你是從外太空來的嗎！

「阿樂，我馬上就到了，讓大家先開始準備吧，十分鐘，不，八分鐘我就能出現在你面前。」

電話那頭，大明星信誓旦旦地做著保證，陳樂太陽穴的神經跳了跳，扶著額回答：「知道了，你開慢一點，我們等你。」

八分鐘後，葉雨宸果然出現在排練室門口。儘管大明星此刻髮型微微有些淩亂，但那並沒有影響他足以與日月爭輝的美貌，幾乎在一眨眼之間，等候在排練室的一群候選人騷動了起來。

「是葉雨宸，他真的來了。」

「近距離看真是帥得無法直視，這次真是來對了！」

「男神，能跟我拍張照嗎？」

「……」

人群幾乎立刻圍了上去，如果不是工作人員出面阻止的話，恐怕排練室一秒鐘就會變成影迷見面會現場。

陳樂頭痛地看著那些不是興奮就是激動的年輕人，忍不住開始對日後的助理人選憂心忡忡。萬一選到了雨宸的腦殘粉，以後的工作還能順利進行嗎？

「哈啾！」在工作人員的隔離下走出人群的葉雨宸突然打了個噴嚏，他揉著鼻子，在和陳樂對上視線後皺了皺眉說：「阿樂，你真的有把對香水要有品味這個條件寫在徵人啟事上嗎？」

「當然，他們明顯都使用了香水。」陳樂抬手推了推鼻樑上的眼鏡，說完後扯了扯嘴角。

其實今天從候選人全部到場後，他和另外幾個工作人員就紛紛表示有點頭暈，原因就是室內的香氣太濃郁了！男用香水的味道本來就比女用香水強烈一些，再加上品種繁多，各種味道混雜在一起，簡直就是噩夢。

葉雨宸走到評審席邊入座，摸著鼻子說：「五十個人用了十一種香水，他們的選擇還真是狹隘呢。」

一句話讓評審席一片死寂，即便星光影視公司的所有員工都知道他們的當家明星鼻子很靈，但此刻，他們還是不約而同淚流滿面，在心裡吐槽：這根本不是人類的鼻子吧？就算牽條狗來都未必能聞出到底有多少種香水混雜在一起啊！

葉雨宸自小就擁有異於常人的嗅覺，這讓他對氣味異常敏感。而且基本上，只要是聞過的味道他都能記住，因此，他的助理招聘啟事上都會有對香水有品味這條要求。

原因無他，氣味是葉雨宸的情緒調節劑之一，所以助理使用的香水，在很大程度上會影響他的工作狀態。

雖然男性不像女性那樣大多都有使用香水的習慣，但考慮到葉雨宸的敏感嗅覺，公司還是依照慣例寫上了那條特殊要求。可現在從現場的情況來看，陳樂覺得他們可能弄巧成拙了。

才這麼想而已，身邊這傢伙已經歪著腦袋在好幾個人的履歷上打了叉叉。顯然，那些人身上的味道直接讓大明星產生了抵觸心理。

於是，面試就這樣正式開始了。相比陳樂他們會對候選人提出一些專業方面的問題進行測試，葉雨宸所做的，則是小聲念著每一個人使用的香水品牌，然後在履歷上打上勾勾或者叉叉。

「雨宸，這些人選的香水你都不喜歡嗎？其實有幾個人的條件是真的很不錯耶。」面試過四十三個人後，夏玲看著那一大疊被打上叉叉的履歷，嘴角忍不住有點抽筋。

啊啊啊啊，這可是他們資料組辛辛苦苦沒日沒夜精挑細選出來的精英候選人啊，現在就這麼全部被叉掉了讓他們情何以堪！

那個四號，多麼高大威猛啊，那一身肌肉簡直可以去選健美先生了，這可是又能當助理又能當保鏢的人才啊。

那個二十七號，可是有四年明星助理經驗的行家啊。而且長得很睿智，一看就很可靠嘛，像雨宸這種偶爾脫線的藝人不是正需要這樣的助理嗎？

還有那個三十號，雖然性格有點內向但是笑起來靦腆的樣子真的超級萌啊，站在雨宸身邊的話根本就是對賞心悅目的 CP 嘛……

夏玲已經無法制止內心奔騰如河流而且朝著奇怪方向越奔越遠的腦補了。只可惜，這幾個在她看來十分完美的候選人，全部被葉雨宸打上了叉叉。

「味道都太刺鼻了。」大明星一本正經地給出了理由，隨後似乎是太無聊了，居然趴在桌子上拿筆在評審表格上亂畫起來。

夏玲抓狂地揉亂了自己的頭髮，內心OS已經進入暴走狀態：哪裡刺鼻啊不都是差不多的味道嗎你到底怎麼分辨出不同的！而且以前選女助理也沒看你這麼挑剔啊為什麼選個男助理會這麼糾結不是號稱只要高大威猛夠養眼嗎！天哪，如果五十個人都被叉叉了那要怎麼辦啊啊啊啊啊！

就在夏玲幾近崩潰的時候，四十四號候選人上前，在評審席前站定了。

排練室突然安靜下來，原本三三兩兩在討論的評審和候選人，全都像被拔掉了舌頭，愣愣地看著這位新上前的候選人。

一身剪裁合體的高級西裝，今年最流行的俐落短髮，雖然沒什麼表情但顏值直逼雨宸帥到毀天滅地的五官，再加上近一百九的身高、就算被西裝包裹也無法掩藏的好身材，這、這、這……這居然是候選人？

夏玲第一個反應是震驚地低頭看向手裡的履歷，四十四號候選人有這麼出色的外型嗎？她怎麼完全沒有印象？不可能啊，她這種資深腐女，對帥哥可是過目不忘的！

一看履歷，果然四十四號的照片和眼前的人根本就不是同一個，她詫異地眨了眨眼，又抬起頭，盯著對方掛在西裝口袋上的腰牌看了半天，確認那確實是阿拉伯數字四十四，頓時滿臉莫名其妙。

「你好像不是……」同樣看過履歷後的陳樂率先發出疑問，話還沒說完，候選人看著評審席冷靜地開了口：「我叫蘇迪。」

簡簡單單的四個字，擲地有聲地傳入每個人耳中。蘇迪的聲音就像教堂裡古老的風琴，低沉醇厚，直達人心。

那一瞬間，時間彷彿停止了。陳樂發現自己的腦海一片空白，只有蘇迪兩個字不斷在裡頭迴響。

他和蘇迪四目相對，只覺得那雙深邃到望不到盡頭的眼瞳中似乎閃爍著某種光芒，而被那種光芒捕捉到後，他所有的思緒都中斷了。

一秒鐘後，陳樂回過神來，但沒有意識到自己對眼前這位突然出現的候選人的懷疑已經從腦海中消失了。

「原來你叫蘇迪，有沒有這方面的工作經驗？」陳樂微笑著開始提問，其他評審也都興致勃勃地看著蘇迪，就好像全部被催眠過了一樣。

「就要他了。」一直低著頭根本沒聽見前面對話的葉雨宸在這時突然站起身，長臂一揮，手裡的圓珠筆筆直地指向了蘇迪。

「啊？雨宸，還有六個候選人沒有進來，而且……」

「他身上的味道讓我覺得最舒服。」

葉雨宸咧開嘴角一笑，打斷了陳樂的話，直接從評審席走到了蘇迪身邊，饒有興致地問：「你用的香水很特別，我之前甚至沒有聞出來，是自製的吧？」

蘇迪沒有表情的臉上眉梢微微一挑，看著對方的眼睛回答：「我沒有用香水。」

夏玲離兩人最近，聽到對話後伸長脖子吸了吸鼻子。唔，蘇迪好像真的沒有用香水吧？如果一定要說有什麼味道的話，好像也是從別人身上沾到的一點點混合香味。

葉雨宸眨了下眼睛，直直看著比他高了一點點的男人，半晌後笑著說：「嘛，不想說就算了。」

其實他知道這是一款自製香水，他以前聞過這種味道，在他最熟悉的人身上。只是，那個人也不肯告訴他配方，總說這是祕密。

呿，什麼祕密嘛，他總有一天會自己把配方聞出來的。不過，這股帶著海洋氣息的味道真的很特別呢，發明這種配方的調香師一定是個天才。

想到這裡，他回頭看向陳樂，反手用拇指指向蘇迪，果斷地說：「阿樂，就他了，沒別的事的話我先回去繼續研究劇本了。」

說完，也沒等陳樂回應，葉雨宸直接邁開長腿，大步朝外走去，瀟灑的背影看呆了一排練室的人。而等大家回過神來，他已經不見人影了。

「樂哥，就這樣決定了吧？」在其他工作人員傻眼的時候，夏玲已經激動得兩眼發光，只差沒手舞足蹈。

什麼四號二十七號三十號現在在她眼中全是浮雲，這個蘇迪簡直就是完美的集大成者！啊呀呀，她已經迫不及待想看那兩個人走在一起的樣子了怎麼辦！極品，這兩人在一起簡直就是極品CP！

看著夏玲的表情，陳樂頭痛起來，不用想都能猜到這女人現在在想什麼。可是，蘇迪是雨宸親手指定的人選，看來是沒辦法斬斷這份妄想了，只希望這股不良之風不要吹得整間公司都向下沉淪才好……

於是，就這樣，蘇迪成為了超人氣偶像葉雨宸的第十六任助理，同時也是第一任男助理。

ALIEN INVASION ALERT! 外星警部入侵注意

>>>CHAPTER.2

傍晚，夕陽染紅了半邊天，葉雨宸癱倒在沙發上，一臉鬱悶地看著天花板發呆。

雪團正窩在沙發椅背上，時不時抬起頭看看，用尾巴掃掃他的手臂，看他沒反應，又無聊地窩了回去。

笨奴隸已經這樣發呆好久了，早上起來到現在好像也沒有吃東西，難道是要修煉成仙了嗎？算了，不管他，反正我吃過了。

正想著，門鈴響了起來，雪團抬頭朝主人看去，見他還在發呆動也不動，只好跳上對方的肚子，用力踩了兩下。

葉雨宸回過神，這才聽到門鈴還在鍥而不捨地響著，於是抓了抓頭髮站起身，搖搖晃晃地開門去了。

「來了。」有氣無力地應了聲，他打開門。儘管事先已經知道來人是誰，不過看到門外的情景時，他還是小小地吃了一驚。

半小時前陳樂就打電話來告訴他蘇迪的工作態度認真，今天就可以上工，而且等一下會幫他送晚飯過去。不過，這人不但提著餐盒，身邊還放著一堆行李是怎麼回事？

相比他的驚訝，門外的人在看到他之後似乎更加吃驚。此刻，蘇迪微微睜大了眼睛，用看怪物一樣的眼神看著他身上的衣服。

葉雨宸揚起燦爛的笑容，微微眯起眼睛，咬著牙開口：「怎麼？你好像對我精挑細選的居家服很不滿意？」

蘇迪眼中的驚訝已經褪去，聳了聳肩，看著葉雨宸一身超級瑪利歐的打扮，就差沒在腦袋上戴一頂M字標記的紅帽子，他面無表情地回答：「如果你再稍微胖一點的話，穿起來會更有感覺。」

一句話逗笑了葉雨宸，他摸了摸自己平坦的腹部，語帶遺憾地說：「沒辦法啊，當明星就是要維持身材，不然我還真想看看自己有啤酒肚是什麼樣子呢。」

說完，他低頭看向蘇迪的腳邊，指著那裡堆放著的行李問：「這是什麼情況？」

「陳經理說我可以住在這裡，方便配合你工作。」蘇迪一本正經地回答，隨後抬起手上的餐盒揚了揚眉梢，像是在詢問可以進去了嗎。

葉雨宸愣了愣，這傢伙要住在這裡？

呃，雖然當初公司幫他租下這棟房子的時候確實考慮過讓助理一起住，比較方便安排工作。但因為之前的助理都是女性，同居顯然不太合適，所以給助理預留的房間一直空著。

計畫是這樣沒錯啦，但他過了幾年獨居的逍遙生活，現在突然要和一個陌生人一起住，感覺還真是不太自在啊。

側身讓開後，趁著蘇迪把行李搬進來的這段時間，葉雨宸果斷地打了通電話給陳樂。

「雨宸啊，蘇迪還沒到嗎？如果他沒有迷路的話應該就快到了吧。」接起電話的陳樂自顧自說著，顯然他以為大明星是肚子餓了在催晚飯。

葉雨宸糾結地朝正在客廳裡忙碌的人影看了一眼，壓低聲音問：「到了到了，正在搬行李呢。不過阿樂，真的要讓他住在這裡嗎？」

「是啊，蘇迪他家離你那邊太遠了，而且他說這樣更方便配合你的時間，再說我也覺得雪團每天早上都要叫你起床太辛苦了。」

陳樂說到最後，已經忍不住笑出聲，這讓葉雨宸意識到他其實是在嘲笑自己，頓時氣得鼓起了臉頰。

可惡啊，今天早上遲到完全是因為昨天通宵看劇本的緣故好嗎！他才不至於每天都要雪團叫起床呢！他……好吧，之前都是助理叫他的……

想到這一點，葉雨宸怨念地撇了撇嘴。算了算了，有個人肉鬧鐘也好，再說這傢伙好像是內斂型的個性，應該不會很煩人才對。

「對了雨宸，下午接到陸韓助理的電話，試鏡提前到明天了。確切的時間地點已經告訴蘇迪了，他明天會送你過去。」

神遊之際突然聽到陳樂的話，葉雨宸渾身抖了抖，急切地問道：「提前到明天？為什麼？」

「好像是陸韓之後要參加的電影節那邊有一些變動，他要提前過去。」

「可是，我對那個角色還沒把握，一個晚上可能練不好。」

葉雨宸說著皺起了眉。他本身不是表演專業出身，會當上藝人完全是因為走在路上被公司的星探挖到。這幾年雖然上了一些表演課，但現在要面對的是完全沒接觸過的角色類型，他有點沒有把握。

外界只知道葉雨宸不是花瓶，演技還不錯，但那些人都不知道他幕後的努力。

對他來說，要做就要做到最好，不然就乾脆不做，所以在自己不足的地方，他會下苦工練習。

剛剛會躺在沙發上發呆，就是因為在仔細研究過劇本後，他發現那個角色很難把握，對著鏡子練了一下午，都沒能讓自己滿意。

陳樂聽著他的話，知道他肯定是遇到了瓶頸，馬上鼓勵道：「沒事的，既然陸韓希望你出演這個角色，試鏡的時候對你的要求就會相對降低一些。畢竟離電影正式開拍還有一段時間，就算你現在還有什麼不足，也完全有時間彌補。明天的試鏡主要還是看看外表和氣質這些，雨宸你沒問題的。」

陳樂敢這樣說，當然不是盲目自信。

雖然角色是他主動去找陸韓要來的，但陸韓本身也確實希望有機會和雨宸合作。而且陸韓這個人向來很有主見，既然能答應把角色給雨宸，一定也是經過了各方面考慮。

而這些沒有告訴雨宸，則是因為不希望他多想。畢竟他好勝心很強，如果知道自己是內定的，反而會覺得不舒服。

兩人又隨便聊了兩句才結束通話。葉雨宸想起自己昨天還誇下海口一定會通過試鏡，暗暗歎了口氣。

結果一轉頭，看到蘇迪手裡捧著箱子正站在客廳裡發愣。他低著頭，彷彿看到了什麼讓他很驚訝的東西。

「你怎麼了？」葉雨宸邁開腳步，邊走過去邊問了一句。

很快，他就發現蘇迪愣愣看著的是他的雪團。而雪團此刻也瞪圓了眼睛看著蘇迪，渾身的毛似乎都倒豎起來了。

聽到他的問話，雪團渾身抖了抖，接著快步跑過來，直接躲到他身後，用尾巴纏住了他的小腿。

葉雨宸看看雪團，又抬起頭看向蘇迪，挑眉問：「你對我的貓做了什麼？」

「沒什麼。」蘇迪迅速回答，但表情並不太自然，說完他轉身繼續整理行李。

葉雨宸摸了摸下巴，彎腰撈起雪團順了順毛。小傢伙似乎已經沒事了，乖乖窩在他的懷裡，看也不看蘇迪一眼。

儘管一人一貓都極力裝出平靜的樣子，葉雨宸還是察覺到了一絲異樣。雖然他和蘇迪不熟，但那人剛才看到雪團的反應明顯就是驚訝。

至於雪團，他可是很瞭解的。這小傢伙平時張牙舞爪慣了，每次新助理來上工都會欺負人家，今天卻這麼乖，簡直超級反常。

「喂。」抱著雪團走近新助理，葉雨宸在他回頭後立刻舉高手裡的貓。蘇迪顯然沒料到他會這樣做，往後退了一大步。

看著對方臉上僵硬的表情，葉雨宸眯起眼睛問：「我說，你不會就是那個拋棄了雪團的混蛋吧？」

沒錯，雪團曾經是隻流浪貓。

別看牠現在漂亮得不得了，兩年前被葉雨宸撿到的時候，牠渾身的毛被人剪得亂七八糟，而且就像被踐踏過一樣髒兮兮的。

那是個下雪天，葉雨宸在街邊發現牠時，牠正瑟瑟發抖。

他曾經想過，如果被他遇到拋棄雪團的混蛋，他一定要狠狠給對方一拳，所以此刻，拳頭已經握緊了，只要面前的男人敢說一個「是」字，他立刻動手絕不猶豫。

可惜，蘇迪顯然不知道他在說什麼，莫名其妙地看著他回答：「我不是。」

「那你看到牠這麼驚訝幹嘛？」總不會是因為雪團太漂亮了吧？這傢伙又不是女人！

「我……」蘇迪再度後退了一步，表情看起來有些難以啟齒，「對貓過敏。」

寂靜的數秒鐘後，「啊哈哈哈哈」的放肆笑聲充斥了整個客廳，葉雨宸抱著雪團跳上沙發打起滾來。

實在太好笑了，人高馬大的猛男居然對貓過敏？哈哈，真是人生無常啊！

不遠處，蘇迪面無表情地看著沙發上的人，片刻後遞出餐盒，冷冷地問：「笑夠了嗎？」

「哈哈，沒辦法啊，誰讓你這麼搞笑，不行了我肚子好痛。」葉雨宸抱著肚子，又笑了好一會兒，這才冷靜下來，打開了餐盒。

「嘖嘖，阿樂那傢伙看來有好好把我的情報告訴你啊，都是我愛吃的菜。」看著色香味俱全的餐盒，某人兩眼發光，大快朵頤起來。

蘇迪看著他，眼中閃過一絲驚訝，不得不說，葉雨宸和他想像中的樣子出入很大。

他看過很多葉雨宸的採訪，知道他在公眾場合是什麼樣子。真是沒想到，影片裡總是表現得非常沉穩內斂的人，私底下居然這麼脫線。

難道這才是葉雨宸的本性嗎？平時面對外界表現出來的都是演技？

看他吃起飯來就徹底把自己晾在一邊，蘇迪有些無奈，忍了好一會兒才又開口：「我的房間在哪裡？」

「臥室都在二樓，樓梯右手邊第一間是你的，隔壁就是浴室。啊對了，既然住在一起了，可以麻煩你早上叫我起床，還有幫我準備早餐嗎？」

咬著湯匙，葉雨宸笑顏逐開，完全就是一臉大言不慚的樣子。雖然他用的是問句，但用腳趾頭想都知道，這件事根本不存在拒絕的可能性。

不過，其實也不能怪他提出這樣的要求，畢竟之前的每一任女助理都非常熱衷叫他起床和做早餐。

蘇迪停下了準備上樓的腳步，不過沒有回頭，就像是被這個要求嚇到了。

葉雨宸饒有興致地看著他高大的背影，突然覺得這樣戲耍一下新助理是件很有趣的事。雖然他是提出了要求，但指望一個男助理每天作出營養美味的早餐？他還不至於這麼天真。

所以他現在更想看的，其實是蘇迪那張總是處變不驚的臉能多產生一些豐富的變化，不然以後每天對著這樣一個冷冰冰的人不是很無趣嗎？

客廳陷入了長久的沉默，這讓葉雨宸越來越覺得自己剛才真是提出了很有趣的提議。就在他以為蘇迪要站在那裡石化到地老天荒時，新助理慢慢轉過身，平靜地回答：「我明白了，還有什麼額外要求嗎？」

我明白了？葉雨宸聽著這幾個字有點發愣，這傢伙難道真要每天幫他做早餐？喂喂，不會是其實廚藝很糟糕打算毒死自己吧？

「毒死你對我並沒有好處。」彷彿聽到了某人的心聲，蘇迪面無表情地又接了一句話，頓時讓葉雨宸石化成雕像。

看著雇主一秒鐘變化石，蘇迪的嘴角竟然隱隱有些上揚。他居高臨下地看了「化石」一會，挑了挑眉，轉身上樓去了。

直到他的背影完全從視野裡消失，葉雨宸才回過神。他驚恐地瞪大了眼睛，緊緊抱著懷裡的愛貓，壓低聲音說：「雪團，那傢伙會讀心術啊怎麼辦？他不會是外星人吧！」

什麼冷冰冰的人啊，那傢伙根本就是悶騷吧，沒表情也只是因為想裝酷，那傢伙其實是個腹黑毒舌啊啊啊啊！

已經習慣隨時隨地被主人抱進懷裡蹂躪的雪團不像往常那樣拍打主人的臉頰來抗議。這一次，牠安靜地任葉雨宸搓扁揉圓，只是讓目光越過主人的肩膀，落在通向二樓的樓梯上。

「放開她！」

隨著一聲斷喝，葉雨宸拚命瞪大的眼睛在盯著鏡子裡的自己看了幾秒鐘後，沮喪地閉了起來。

「啊不行，完全沒有感覺，什麼硬漢形象啊，每句臺詞都用吼的就叫硬漢嗎！」把手裡的劇本扔到一邊，大明星癱倒在沙發上，鬱悶得連帥臉都皺成了一團。

雪團原本匍匐在茶几上看他表演，現在卻打了個哈欠，隨後招呼也不打一聲便跳下地，跑回小窩睡覺去了。

葉雨宸睜開眼睛，正好看到一團雪白的絕情背影，頓時兩眼一翻，咬著牙在心裡痛斥某貓的不厚道。

就在這時，一道淡漠的嗓音在背後涼涼地響起：「誰要你每句都用吼的。」

葉雨宸炸毛般翻坐起身，抬起手腕看了眼手表，扭頭道：「有沒有搞錯，你洗澡洗了整整一個小時耶，你是女人嗎！」

不能怪他把時間算得這麼清楚，完全是因為一小時前他就想找他的新助理對戲，上樓時卻聽到浴室裡傳出水聲。

考慮到這是新助理在新住處的第一次沐浴，他決定充分展現自己這個上司的人性化，沒有立刻把人抓出來。

但是，他怎麼想得到他一時的仁慈，居然換來整整一小時的孤單！

明明下樓前他在浴室外喊過話，通知對方洗完澡立刻下來對戲，結果居然讓他苦等了一個小時？這傢伙是覺得他對香水的品味已經足夠保證他的飯碗了嗎？

這樣想著，葉雨宸回頭，狠狠瞪了剛下樓的人一眼。結果下一秒他瞪大了眼睛，露出了見鬼的表情。

「你搞什麼？夏天還沒正式到好嗎？」站起身，他往後退了一步，警惕地看向他的新助理，準確地說，是半裸的新助理。

蘇迪顯然剛剛洗好澡，頭髮還濕漉漉的沒有完全擦乾，全身上下只穿了一條沙灘褲，哦不對，右手腕上還戴了一個看起來像是裝飾品的金屬環。

雖然現在已經初夏了，但室溫還在二十五度以下就開始脫光上身，這在葉雨宸看來根本就是變態的行為。

不過多看兩眼之後，大明星不得不承認，新助理的身材簡直好到讓人嫉妒。強壯而精悍的軀體肌理分明，沒有一絲贅肉，而肌肉鼓起的程度更是完美，既充分彰顯力量，又不會給人壯漢的粗野感。

唔，還真是標準的高大威猛夠養眼啊……

蘇迪低頭朝自己的身體看了一眼，直接無視了關於他為什麼洗了一個小時澡的問題，挑眉問：「你反感？」

我反感？大家都是男人我反感什麼啊！但是你不覺得現在就穿這麼少太早了點嗎？今天室溫才二十度啊，光著上半身難道不冷嗎！

葉雨宸滿頭黑線，儘管內心猶如一萬頭草泥馬奔騰而過，但此刻如果這樣回答問題的話，好像會顯得他很蠢。

沉默片刻後，大明星嘴角僵硬地問：「你不冷嗎？」

「熱才脫的。」

「……」

蘇迪毫不猶豫地回答，說完不再看著石化了的雇主，逕自走過來拿起劇本，面無表情地又開口：「試鏡明天上午九點半開始，你還有兩個小時。」

葉雨宸下意識地又看了一眼手表，現在是晚上八點半，兩個小時，也就是十點半，看來這是新助理建議他準備睡覺的時間。

陸韓的工作室位置比較偏，從家裡開車過去約需要一個小時，再加上從起床到出門的各項準備工作約三十分鐘，十點半收工再洗個澡的話，他會有絕對充足的八小時睡眠，能保證他明天的工作狀態。

葉雨宸看向蘇迪的眼中閃過一絲驚訝。這傢伙，助理經驗看起來很豐富嘛，才第一天上班就擁有這麼精確的時間概念，這可是以往任何一任助理都做不到的。

「準備好了嗎？」

沉思間聽到新助理的詢問，葉雨宸拉回神遊的思緒，點了點頭，走到蘇迪身邊，指著劇本上一段對白說：「這段我一直找不到感覺，你要不要試一遍給我看看？」

蘇迪迅速掃了眼劇本，然後轉過頭，面無表情地問：「你確定要我試？」

以為他是對自己沒信心，葉雨宸笑著說：「沒關係啦，我只是想隨便看看另一個人演這個角色的感覺，你不用緊張……」

「不，」蘇迪放下了劇本，迎上葉雨宸的視線，淡淡打斷了他，「我是怕你受打擊。」

「怎麼可能！你是想說你的演技比我好嗎！」大明星炸毛，一臉挑釁。

蘇迪聳了聳肩，往後退了幾步，面對葉雨宸沉下臉，深邃的雙眸射出冰冷的寒光，性感的薄唇微啟，甚至沒有刻意提高音量：「放開她。」

那一瞬間，葉雨宸真的感受到了一股強大的衝擊，儘管某位助理現在光著上半身、穿著沙灘褲，整個人渾身上下散發著和硬漢氣質毫無關係的滑稽感，但只是一個表情，一句話，就徹底把他震住了。

靠，這是真正的硬漢啊，天然男子漢啊，這電影看來他是沒辦法演了。

「為什麼你可以做到！你以前學過表演嗎?!」葉雨宸有點抓狂，哪個白痴給他在劇本上標注臺詞可以用吼的這樣有助於提高氣勢啊，這不是害死人嗎！

蘇迪已經收斂了氣勢，面無表情地回答：「本色演出。」

靠，這是在說他是天生的硬漢而自己不是嗎？長成花美男的樣子又不是他的錯！葉雨宸此刻相當怨念，才第一天合作，他已經想炒這位新助理魷魚了怎麼辦？

「就算炒了我也改變不了事實，除非去……」

光明正大發揮讀心術的人話說到一半就停了，葉雨宸狠狠瞪他一眼，沒好氣地問：「去什麼？」

這混蛋要是敢說出「整形」之類的話，他馬上揍得他滿地找牙！

「沒什麼。」蘇迪面無表情地轉開視線，顯然已經完全看透某人心裡的想法了。雖然打起來也絕對是他占上風，不過，還是給大明星一點面子吧。

看出他的退讓，葉雨宸的心情總算好了點，哼了一聲，再度拿起了劇本。

就在這時，耳中突然響起一聲幾不可察的「滴答」聲，蘇迪猛地轉頭看向窗戶的方向，表情也變得凝重起來。

回頭，發現葉雨宸並沒有注意到異樣，他說：「我帶了幾部同類型的電影過來，你要不要看一下找找看感覺？其實硬漢並不是刻意表現出來的。」

很意外對方居然提出這樣的建議，葉雨宸驚訝地轉過頭，想了一下。「唔，也好，這類的電影我確實看得比較少。」

蘇迪點了點頭，接著褲子口袋裡傳出警鈴聲，他掏出了一支手機，看了眼後對葉雨宸說：「DVD 就在我房間的桌子上，你自己去拿吧，我出去一下。」

說完，也不等葉雨宸反應，他轉身就往外走。

身後，驚訝的疑問緊隨而來：「你就這樣出去？不穿上衣服？」

葉雨宸目瞪口呆，有沒有搞錯，就算現在是晚上，這麼一尊大裸男奔上街也是很顯眼的好嗎？等一下被社區保全當什麼可疑人物抓起來怎麼辦？而且他那個手機鈴聲是什麼情況？為什麼要設定成警鈴？傳說中的奪命連環CALL嗎？

蘇迪的腳步頓了頓，但二度響起的手機鈴聲讓他很快又邁開了步伐，頭也不回地回答：「朋友來找我，就在外面見面，不用擔心。」

不用擔心？誰在擔心你啊！見人已經消失在大門外，葉雨宸翻了翻白眼，決定不再管他，自己上樓去找DVD。

蘇迪出了門，一眼就看到了站在不遠處陰影中的暗色人影。他從口袋裡拿出一個巴掌大飛碟型的東西，隨手甩向身後，接著才邁開腳步朝人影走去。

被他丟出去的小飛碟發出「嘀」一聲嗡鳴，接著撞到門上，在一瞬間居然化成一道光網，沿著門向四周延伸，轉眼間覆蓋了整棟房子。

「真沒想到，居然會在地球遇到你。」陰影中的人走了出來，在社區昏暗的路燈下，那人露在衣服外的皮膚居然都是綠色的。雖然其他部分都和普通人沒有區別，但這種詭異的膚色就足夠嚇人了。

蘇迪卻很鎮定，面無表情地看著對方，只是雙目中射出的寒光透著強大的威懾。

綠皮人看了他一會，咧開嘴角笑了起來。「洛倫佐，你身上有殺氣呢，看來斯科皮斯星球的事到現在還沒有解決吧？我說，你該不會是被貶到地球來的吧？哈哈哈，如果真的是這樣，你的上司還真是個白痴呢。」

儘管綠皮人的笑聲很放肆，還充滿了嘲諷，蘇迪卻連眉毛都沒動一下。他盯視著對方，冷冷開口：「費利南德，我給你兩個選擇。」

「喔？是什麼？」被稱作費利南德的綠皮人一臉邪意，完全不怕蘇迪，甚至挑釁地舔了舔嘴唇。

蘇迪的嘴角微微勾了起來。「滾，或者死。」

輕蔑的笑容在瞬間打破了費利南德的淡定，他的皮膚隱隱變成了深綠色，看起來就像是惱羞成怒了。

「哼，我想你搞錯了，這裡可是地球，你的力量在這裡只能發揮一半！」費利南德怒吼一聲，曲起手指吹了聲口哨。眨眼間，另外兩條人影從他身後的陰影裡竄了出來，直撲向蘇迪。

那也是兩個綠皮人，不過從進化論的角度來說，他們顯然比費利南德低等不少，因為他們還不是完全的人類外形，而是長著奇怪的犄角和尖耳。

對於費利南德叫出來的幫手，蘇迪完全不驚訝，他抬起右手，手腕上的金屬環立刻開始發光。很快，光芒變形伸展，下一瞬，一把透著銀藍光芒的槍枝出現在他的手中。

蘇迪的雙眸中透出一陣藍光，手臂一揮，兩道鐳射光束從槍口射出。儘管綠皮人的速度非常快，但在精准的槍法面前，那兩個倒楣蛋瞬間就被爆了頭。

銀藍色的鐳射光束在暗夜下很耀眼，被爆頭的綠皮人倒在地上抽搐了兩下後就不動了。費利南德震驚地瞪大雙眼，在蘇迪把槍口指向他時，再也沒有一分一秒的猶豫，一個後空翻閃進陰影，直接逃跑了。

蘇迪盯著他離開的方向看了一會，確定空氣中的異樣已經徹底消失，這才收起槍，走到兩具綠皮人的屍體前。

手機在這時又響了起來，不同於之前的警鈴聲，這次是很柔和的音樂，蘇迪接起了電話：「兩具哈爾蒙人屍體，現在就傳送過去。」

「居然只有兩具？費利南德是對自己多有自信？」電話那頭傳來的少年聲聽

起來很年輕，帶著滿滿的調侃和狡黠。

蘇迪沒有理會這個問題，面無表情地掛斷電話。

隨後，他在手機上按了幾下，接著把螢幕對著地上的屍體，一道鐳射光從手機裡射出來籠罩了屍體。一秒鐘後，光和屍體一起消失了。

把手機放回口袋，蘇迪仰頭看了眼星空，輕輕歎了口氣，但隨即，一陣窸窣聲就引起了他的注意。

轉頭，一名漂亮的少婦牽著一條哈士奇，正在不遠處驚恐地看著他。顯然，剛才傳送屍體的那一幕被她看到了。

哈士奇齜牙低吼，一副要撲上來的樣子，但似乎又有什麼顧忌，不敢立刻行動。

蘇迪在少婦尖叫前一個閃身，瞬間出現在她面前，隨後單手托住了她的後腦勺，湊近直視她的雙眼說：「沒事了，妳什麼都沒有看見。」

少婦眼中的驚懼因為這句話漸漸消失，幾秒鐘後，就變成了茫然的樣子。蘇迪迅速放開她，在她回過神前腳下一躍，直接跳到了葉雨宸家的屋頂上。

一會兒後，少婦恢復了神智，發現自己呆站著，不禁疑惑地左右看了看。看到四下無人之後，她牽著哈士奇繼續往前走。哈士奇則轉頭朝蘇迪所在的方向低聲吠了吠，不情不願地跟上了主人的腳步。

屋頂上的蘇迪一直看著對方，直到一人一狗徹底走出視野，這才轉過身，低頭看向從費利南德出現起就在這裡看著他的人。

不，準確地說，是一隻看著他的貓。

雪團此刻不像平時那樣總是慵懶地捲成一團，而是優雅地四肢著地靜立著。明亮的貓眼筆直看著蘇迪，沒有絲毫躲閃。

一人一貓對視了足足一分鐘，氣氛不知不覺就變得緊張起來，最後是蘇迪率先打破了寂靜，淡淡開口：「阿爾忒彌公主，沒想到妳還活著。」

雪團因為這句話渾身一顫，牠低頭看了看自己現在的樣子，慢慢彎曲後腿蹲坐下來，隨後仰頭面向天空，嘴裡發出了清脆的女聲。

「神槍洛倫佐，米奧星已經毀了，再也沒有什麼公主了。」

蘇迪因為這句話微微皺了皺眉，他在雪團身邊坐了下來，和牠一起仰望星空，卻沒有說出什麼安慰的話。

好一會兒後，雪團收回了視線，轉頭看著身邊冷峻的男人問：「你會出現在這裡，難道是因為哈爾蒙星人這次的目標是雨宸？你是來保護他的？」

「妳的反應還真慢。」蘇迪毫不客氣地吐槽，隨即換來雪團的一記瞪視。

「他們想要什麼？」

「星雲碎片。」

「雨宸怎麼可能有那種東西！」得到答案的雪團驚呼起來，貓眼圓睜，滿是不可置信。

星雲碎片，那是全宇宙都想得到的寶藏，小小一塊就蘊含著無窮的力量，可以用來製作武器或者護具，也有一些星雲碎片具有獨特的能力。可以說，這是足以左右宇宙平衡的能源。

用通俗的地球話來說，這種能量碎片就像魔戒一樣。

可問題是，雨宸是地球人，怎麼可能得到星雲碎片呢？那東西可不是普通人類可以保管的，裡面蘊含的力量對人類來說是致命的輻射。

「妳在他身邊這麼久，有沒有發現疑似星雲碎片的東西？」

保護葉雨宸雖然是蘇迪的主要任務，不過尋找星雲碎片是次要任務。本來他需要自己動手在葉雨宸身邊找，但現在有了阿爾忒彌，倒是輕鬆多了。

雪團卻堅定地搖了搖頭。「沒有，我很肯定雨宸身邊沒有這種東西。我逃到地球兩年，和宇宙警部那邊也不是沒有聯絡，如果有這種線索的話，早就通知那邊了，畢竟這會威脅到雨宸的生命安全。」

蘇迪聞言，理解地點了點頭，看得出來阿爾忒彌和葉雨宸之間的感情很深厚，她既然選擇留在他身邊，就一定會為他的安全著想。

「東西不在他身邊的話，應該是在其他相關的地方，慢慢查吧。」

「這麼說來，不會是資訊有誤產生的誤會？」

「不會。」

蘇迪給出了肯定的答覆後，見阿爾忒彌沒有繼續追問，就直接從屋頂跳了下去，在收回了保護著房子的小飛碟後，按響了葉雨宸家的門鈴。

而雪團在原地又沉思了一會，這才順著排水管跳到二樓，從窗戶爬了進去。

ALIEN INVASION ALERT! 外星警部入侵注意

>>>CHAPTER.3

蘇迪帶來的電影很精彩，雖然不是什麼好萊塢大片，但情節緊湊高潮迭起，更重要的是人物立體，個個都是硬漢。

葉雨宸看得熱血沸騰，甚至一度忘記了蘇迪還在外頭，直到門鈴響起才突然回過神，再一看時間，都過去那麼久了？

打開門，他的新助理依舊裸著上身淡定地站在門外，他卻覺得有點無法直視。能光著上半身在外面待這麼久，這傢伙的臉皮到底有多厚？還好最近沒什麼新聞，應該沒狗仔在外面盯著，不然被拍到照片的話就囧了。

「電影看得怎麼樣？」雖然雇主的臉上明明白白地寫著不滿，蘇迪卻完全不為所動，進屋後主動開起了話題。

葉雨宸翻了翻白眼，回到客廳繼續播放暫停的電影，隨口回答：「還不錯。」

「需要我在這陪你看嗎？」

緊隨而來的問題讓大明星愣了愣，扭過頭，不明所以地看向蘇迪，用眼神詢問他是什麼意思。

蘇迪面無表情，淡定地回答：「不需要的話我就先回房了。」

「你要睡了？」葉雨宸眨了眨眼，這才不到九點半，現在睡覺是不是太早了點？

蘇迪看出對方不需要自己作陪了，毫不猶豫地轉身就往樓梯走，邊走邊涼涼地回答：「明天還要早起。」

早起？葉雨宸腦袋上冒出一個問號，但很快就反應過來，蘇迪恐怕是在指做早餐的事。

自從莉莉準備離職以來，他就沒好好吃過一頓早餐了，明天終於可以恢復正常生活了嗎？啊呀，說著說著他還真有點期待了呢。

回到房間的蘇迪從行李箱中取出一臺筆記型電腦，儘管外形和普通的電腦沒什麼區別，但是翻開螢幕就會發現內部構造截然不同。

這臺電腦沒有鍵盤，上下兩面都是螢幕。蘇迪伸手貼上下方的螢幕，它立刻亮了起來，一陣光掃過他的指紋，隨即一連串的字元開始在螢幕上滾動。

幾秒鐘後，立體投影的虛擬操作臺從下方螢幕上彈射出來，蘇迪的手指飛快移動，迅速輸入一連串的指令。

接著，上方螢幕也彈射出一道投影框，一個銀髮的清秀少年出現在框裡，咧著嘴角朝蘇迪揮了揮手，「嗨，洛倫佐前輩。」

似乎很意外是他出現，蘇迪挑了挑眉，看著對方沒有接話。

少年嘴角的弧度拉得更開，開心地說：「安卡前輩臨時被召回總部了，這幾天都將由我負責和你聯絡。」

得到這個消息，蘇迪的眉心微皺，盯著少年看了好一會兒才開口：「星雲碎片不在葉雨宸身邊。」

「咦咦？不在他身邊啊——」少年拉長了尾音，兩手托著下巴想了想後說：「我們確實也沒有偵測到訊號，看來是被藏在很特殊的地方。費利南德會親自出馬，應該是想抓走他然後再問出星雲碎片的隱藏地點吧。」

對於少年的猜測，蘇迪沒有回應。或許是因為這也是他想到的結論，又或許，是因為他並不想和眼前的人對話。

「前輩看起來不想見到我呢，還在為斯科皮斯星的事生氣嗎？」銀髮少年的語氣狡黠，似乎完全不介意他的冷漠。

蘇迪的表情卻因為這個問題沉了下去。如果原本他對少年的態度只是冷漠的話，那麼無疑，現在升級成了厭惡。

他面無表情地看著對方，雙目中隱約閃動著怒火，最終卻被強大的情緒控制能力壓住，沒有爆發。

「0972洛倫佐，首次彙報完畢。」沉聲說完這句話，蘇迪切斷了通訊。立體投影框隨即消失，可少年的話卻縈繞在腦中揮之不去。

他在椅子上靜坐了很久，直到聽到外面傳來腳步聲，知道是葉雨宸上樓睡覺了才回過神，接著又開始操作電腦。

葉雨宸在二十歲加入星光影視公司的不久後就住進了這棟房子，之後一直生活在這裡。如果星雲碎片不在他身邊，那麼應該是在他二十歲前住的地方。

利用今天拿到的員工帳號和密碼，他進入星光影視公司的資料庫，在裡面找到了葉雨宸的個人資料，記錄下了他進公司前的住址。

通過宇宙警部的搜索系統調出住址所在區域，蘇迪看著立體投影上的老式民居，開始盤算什麼時候過去調查一次。

早上八點，一陣窸窸窣窣的響聲隱隱鑽進了葉雨宸的耳朵。事實上，這個聲音已經持續了不短的時間，以至於他都從夢鄉被拉回了現實。

然而因為眼睛有點睜不開，他並沒有起來查看情況，而是繼續抱著被子，任性地閉緊眼睛。

窸窣聲開始接近，隨後，他聽到了一個機械化的聲音。「葉雨宸，起床。」這什麼聲音？意識開始自主運轉，但大明星沒有動，當然也沒有起床。

「葉雨宸，起床。」

「葉雨宸，起床。」

「葉雨宸，起床。」

沒想到，那個聲音伴隨著窸窣聲越來越響，也越來越近，最後一聲，更是直接在他耳朵邊大吼，嚇得他像詐屍一樣直挺挺地坐了起來。

「咚」的一聲，床邊傳來一聲輕響。葉雨宸驚魂未定，發現房間裡並沒有人後，慢慢伸長脖子，看向床緣。

那是一個不到手掌大的迷你機器人，因為他突然起身而被撞翻掉到了地上，現在正手腳並用地掙扎著爬起來，嘴裡還在喊著：「葉雨宸，起床。」

這麼有趣的東西是哪來的？大明星眼睛一亮，俯身把機器人撈了起來，注意到它腦袋正上方有一個按鈕，就試著按了一下。果然，就像是鬧鐘的暫停鍵，機器人終於不再喊了。

看來之前的窸窣聲就是這傢伙從門口走過來的聲音啊，還真好玩。

某人興致勃勃地想著，翻來覆去看著機器人，已經完全忘記了起床的事，直到虛掩的房門被人從外面推開，面無表情的蘇迪站在門口看著他說：「洗漱下樓吃早餐。」

葉雨宸原本還有一絲睡意的大腦在看到新助理的打扮後徹底清醒。他瞪了瞪眼睛，接著馬上爆笑出來。

蘇迪穿著黑色的襯衫和西褲，簡單的服飾卻襯得身姿挺拔，氣勢非凡。他本來應該是清早一道養眼的風景，只可惜，一件粉紅色還帶花邊的圍裙徹底破壞了畫風。

葉雨宸當然認識這件圍裙，那是前任助理莉莉留下來的，只是他怎麼都沒想到蘇迪居然會拿來穿，而且穿得理所當然。

就像現在，他都笑得要在床上打滾了，蘇迪的表情還是波瀾不驚，淡定地走進來從衣櫃裡為他選了一套衣服，然後拿走了機器人鬧鐘，轉身往外走的時候丟下一句話：「不想遲到的話，動作快點。」

多麼敬業的助理，多麼有氣勢的指令，只可惜因為一件圍裙，大明星現在只想在床上多滾一下。

「砰」的一聲，房門被重重甩上，意識到這是蘇迪在示威，葉雨宸笑得肚子都痛了。

十分鐘後，打扮妥當的大明星出現在餐廳，看到蘇迪已經換下了圍裙，恢復成冰山總裁的樣子，差點又忍不住噴笑出來。

好在，這股笑意最終被蘇迪的冰冷眼神壓了下去，葉雨宸的注意力也被餐桌上的豐盛早餐吸引了過去。

「這些都是你做的？」說不驚訝絕對是假的，眼前這頓精緻料理簡直勝過之前任何一任女助理的手藝！

蘇迪挑了挑眉，拒絕回答這個問題。他拿起隨手放在餐桌上的記事本，開始報告今天的行程安排。

「九點半在陸韓工作室試鏡，十一點到錄音室錄新歌，下午三點還有一個廣告要拍。今天的工作有點多，豐盛的早餐是保障體力的基礎。」

聽到今天的工作內容，原本正在大快朵頤的人差點沒把嘴裡的食物噴出來，他驚訝地問：「怎麼一下子出現這麼多工作？」

不是吧？他最近都很閒耶，每天一項工作的狀況已經持續近一個月了，現在這樣突然忙碌起來是什麼情況？

蘇迪合起記事本，聳了聳肩回答：「很顯然是在為電影拍攝挪動檔期。」

「陸韓的電影嗎？可我還沒拿到角色耶。」葉雨宸說著，臉上的笑容消失了。還沒接演角色就開始調整工作檔期，這可不是公司一貫的風格。

難道說，公司已經確定他可以接演角色？他被內定了？

聯想到內定這個詞，他的心情變得不大好。雖然以星光影視在演藝圈中的地位，加上他現在如日中天的人氣，要內定一些角色確實是輕而易舉的事，但是他不喜歡這樣。

如果是他已經習慣的偶像劇角色，那還可以說是導演和劇組看重他的銀幕魅力，可陸韓的電影，顯然和他一直以來的影劇形象格格不入。

這種情況下內定，就完全是公司方面使用了強硬手段。這樣得到的角色，他根本就不想演。

「你想太多了。」蘇迪涼涼地丟出四個字，看著葉雨宸的神情變化，早就摸透了他的內心活動。「之前你主演的那部《天使之淚》要拍續集，導演已經來談簽約的事，如果你沒辦法拿到陸韓那邊的角色，檔期就會簽給這部。」

「也就是說……」葉雨宸嘴角抽了抽，天使之淚要拍續集？天哪，這部簡直是他演過的所有偶像劇裡最狗血無腦的一部，導演能不能放過他？

蘇迪在這時微微揚起了嘴角，葉雨宸看到他這個表情，立刻產生了不祥的預感。這傢伙，每次露出這種表情都說不出好話！

「拿不下硬漢，你就只能演腦殘。」

輕描淡寫的一句話，猶如原子彈，在葉雨宸的腦袋裡炸開一朵巨大的蘑菇雲，燃著熊熊烈火，直衝天際。

「靠，我一定會拿下今天的角色！」徹底被激起鬥志的大明星，迅速地把剩下的早餐全部吃進肚子裡，而他的新助理站在一邊，滿意地點了點頭。

九點，兩人準時出發，上車後，蘇迪打開導航系統，葉雨宸則再次把劇本拿出來，熟悉今天要試鏡的內容。

陸韓的工作室在郊區，下了高速公路後有一段林間小路要開，葉雨宸發現蘇迪對路況相當熟悉，而且駕駛技術也很棒。

這傢伙，難怪來公司第一天就得到阿樂的認可，還真是很厲害啊。

心裡這樣想著，葉雨宸轉頭朝蘇迪看了一眼。男人專注的側臉很帥，養眼程度簡直百分百。他今天用的還是昨天那款香水，淡淡的海洋氣息洋溢在空氣裡，讓人覺得平靜。

「冷杉、維吉尼亞香柏……」

葉雨宸若有所思地報出了兩種植物，蘇迪眉心微皺，下意識地發問：「你說什麼？」

「你那款自製香水的成分啊。」

這句話讓蘇迪眉頭皺得更緊，香水？他確實沒有用，為什麼葉雨宸總是提起香水的事？

正思索著要怎麼接話，身邊的人突然大聲喊了起來：「小心！」

抬眼，「砰」的一聲，一團黑色的不明物體不知道從哪裡冒出來，重重撞上擋風玻璃。幾乎是同一時間，蘇迪猛踩剎車，巨大的慣性讓車身不受控制地側向甩了出去。

又是「砰」的一聲，甩出路面的小汽車撞上路邊的大樹，幸好兩人都繫了安全帶，這才沒受什麼傷。

葉雨宸瞪大了眼睛，左手緊緊抓著車內扶手，心臟劇烈跳動。

蘇迪的表情雖然沒有太大的變化，雙眼中沉澱的情緒卻相當凝重。他解開安全帶，對身邊的人說：「你待在這裡，我下去看看。」

說完，他跳下車，走到路中央查看剛才那團不明物體。

車上的人原本看著他，但很快，注意力就被前面不遠處小樹林裡露出的一截紅色車尾吸引了。

「前面還有輛車。」葉雨宸也跳下了車，快步朝前面的車跑去。

「別過去！」蘇迪大喊一聲。此刻，他已經看清地上的不明物體，那是一個黑色的化妝箱，已經砸裂了，裡面的化妝道具散了一地。

葉雨宸在聽到喊聲的瞬間停下腳步，但並不是因為蘇迪的警告，而是因為他聞到了一股很奇怪的味道，說不上是腥或者臭，卻讓人覺得很不舒服。

「這什麼味道？」他掩著口鼻退後兩步，蘇迪已經跑到他身邊，伸手攔在他面前。

「你回車上去，這裡我來處理。」蘇迪沉聲說著，一步步朝前方那輛一頭撞進樹林的紅色小轎車走去。

葉雨宸卻沒有乖乖回車上，直接跟了上去，嘴裡咕噥道：「好了好了我知道你是硬漢，但現在不是一個人逞英雄的時候。別看我這樣，我可是學過柔道的。」

話剛說完，眼尖的大明星已經看到了紅色汽車駕駛座上歪著頭上的人。他驚呼一聲，直接跑了過去。「是劉紫玲，天哪，她受傷了嗎？」

劉紫玲，圈內知名的自由人化妝師，沒有加入任何公司或者團隊，一直以個人名義接案。但因為技術確實高超，十分受歡迎，檔期排得密不透風。看來陸韓這次的電影也準備請她來助陣了，這個時間出現在這裡，應該是要去觀看試鏡的。

蘇迪根本來不及阻攔，轉眼間葉雨宸就跑到劉紫玲身邊去了，一邊輕晃著她的肩膀，一邊喚道：「喂，紫玲，醒醒。」

劉紫玲看起來沒有受傷，安全帶也好好繫著，看來是車子衝出馬路撞到樹時震暈了。此時在他急切的呼喚之下，她的眼皮顫了顫，醒了過來。

「雨、雨宸？」劉紫玲的意識很清醒，也能認出葉雨宸，這表明她確實沒有受什麼傷。葉雨宸見狀鬆了口氣，幫她解開安全帶，扶她下車。

「妳怎麼會出車禍？」葉雨宸扶著人往自己的車走，一邊心有餘悸地問了一句。劉紫玲的車撞得很嚴重，車頭嚴重變形，看樣子衝出馬路的時候完全沒有剎車。

「我也不知道，明明車開得好好的，結果感覺像突然就被什麼看不見的東西撞飛了。」劉紫玲的心裡也後怕得要死，話剛說完，她的臉突然失了血色，兩眼直勾勾看著前方，整個人都顫抖起來，手更是緊緊抓住了葉雨宸。

「怎麼了？」葉雨宸下意識地發問，可剛問完，他也嚇傻了。下一秒，他開始掐自己的臉，痛得齜牙咧嘴，才確認現在不是在做夢。

五個，不，六個手裡拿著金屬棒、表情殺氣騰騰的人正靠上前來，把他們三個團團圍住。

然而，這並不是重點，重點是這些傢伙看起來根本不像地球人，不但全身的皮膚都是綠色的，還長著奇怪的角和尖耳朵。

葉雨宸想起昨天晚上看的電影，眼前這幫人，根本就是昨天電影裡的外星人嘛！可是，電影歸電影，現實是現實啊，為什麼外星人會穿越到現實世界裡?!

在他們身後，一個看起來像是頭領的傢伙總算長得比較正常一點，除了皮膚顏色之外沒有其他奇怪的地方。此刻，那傢伙嘴角噙著冷笑，凶狠的眼神直直落在他身上。

啊？等等，為什麼是落我身上？葉雨宸劇烈地抖了抖，只覺得渾身的雞皮疙瘩都豎起來了。但是他絕對沒有看錯，那個人真的是在看他。

空氣中的異味更明顯了，他現在可以百分之百地確定，剛才那股讓他不舒服的味道，正是從這些「外星人」身上散發出來的！

蘇迪在這時走到兩人面前，用身體擋住了費利南德讓人不安的視線，壓低聲音說：「你帶著她回車上去。」

「這些……是什麼？」葉雨宸嚥了嚥口水，他當然發現蘇迪並不像他和劉紫玲這麼害怕。別說害怕，這傢伙根本就超級鎮定，一副完全不意外的樣子！

蘇迪半側過頭，微微一笑。「企圖綁架你的人。」

一句話讓葉雨宸愣住，半天反應不過來。外星人要綁架他嗎？為什麼？怎麼可能呢？這傢伙是在開玩笑吧，是在嚇他吧！

「雨、雨宸，我們先上車吧。」劉紫玲現在嚇得腿都軟了，整個人幾乎全掛在葉雨宸身上，說話都結結巴巴的。

葉雨宸用力扶著她，雖然不知道蘇迪到底是不是在開玩笑，但現在有位女性需要保護是事實，他不能也跟著驚慌失措。

「蘇迪，你先擋一下，我送紫玲回車上。」葉雨宸果斷地做了決定，帶著劉紫玲回頭。

蘇迪從口袋裡摸出昨晚用過的小飛碟往地上一砸，一道光膜立刻向四周彈開，組成一道長方形的結界，把他們所有人都包圍了進去。

「上。」費利南德沈著臉命令道，長臂一揮，一根形狀古怪的手杖出現在他的手裡。他並沒有上前，而是站在遠處用手杖對準蘇迪，手杖頂部的石頭開始發出耀眼的光芒。

蘇迪看到手杖，眼中閃過驚訝，而六個哈爾蒙人中的四個已經朝他撲了上來。他試著啟動手腕上的金屬環，但金屬環一點反應都沒有。

「砰」的一聲，第一個接近的哈爾蒙人被他一拳轟在臉上，直接揍飛。第二個人剛舉起金屬棒，就被他飛起一腳狠狠踹了出去。

第三人見狀用金屬棒砸向他的頭部，卻被他彎腰避開，隨即一記右勾拳，再次把攻擊者轟飛出去。

然而，第四人的攻擊卻無法再避開了，蘇迪眼看著揮到眼前的金屬棒，只能下意識地抬起左臂，試圖保護頭部。

然而就在這時，一聲怒吼在近處響起：「四個打一個，還要不要臉啊！」

一聽到這個聲音，蘇迪猛然一震，轉頭果然看到葉雨宸已經跑到身邊。他還來不及阻止，就見葉雨宸飛起一腳，直接踢在第四個哈爾蒙人的腰上。

哈爾蒙人慘叫一聲倒飛出去，葉雨宸穩穩落地，轉身揮著拳頭又迎上了另一個敵人。

蘇迪看著他靈活的動作，愣了整整兩秒鐘。這傢伙，看到外星人難道一點都不害怕嗎？之前聽他說學過柔道，還以為是吹牛，原來是真的。

「喂，你別站著看戲好嗎！」奮戰中的大明星一轉頭看到自家助理愣在原地，頓時大聲喊道。別開玩笑了好嗎，一打四？以為他是阿諾嗎！

蘇迪重新投入戰鬥，雖然武器被費利南德限制住了，但就算是赤手空拳，他對付這些哈爾蒙人也綽綽有餘。只不過，原本可能需要付出一點傷痛作為代價，但現在有了一個幫手，這架打起來就輕鬆多了。

然而就在兩人合力把四個對手打倒時，一聲尖叫也在身後響起。

葉雨宸回頭，看到劉紫玲被另兩個哈爾蒙人從車裡拉了出來，而可憐的車門已經直接消失了。

那一瞬間，葉雨宸沒有驚慌，甚至沒有緊張，他面無表情地往前踏了一步，垂在身側的手緊握成拳，直視著對方沉聲說：「放開她。」

彷彿一道無聲的氣浪爆射開來，哈爾蒙人被他的氣勢震住，竟然直接愣在原地。劉紫玲這時一把拉起抓著她的哈爾蒙人的手，張嘴狠狠咬了下去。

這一幕嚇到了葉雨宸和蘇迪，兩個人同時倒抽一口冷氣，一臉震撼。哇，真不能小看女人的求生意志啊，這麼綠油油的手臂都咬得下去！

但不得不說，這確實是很有效的自救方法，哈爾蒙人因為吃痛鬆了手，劉紫玲趁機掙脫出來。

金屬棒追著她打了過去，但比金屬棒更快的，是蘇迪飛躍過去的身影。一記帥氣的掃腿，直接踢飛兩個哈爾蒙人。劉紫玲回頭看了一眼，眼睛瞪得差點沒脫窗。

然而，就在蘇迪離開葉雨宸的剎那，一直沒有行動的費利南德勾起一抹陰險的笑意，突然高舉手杖，用力砸到地面上。

伴隨一聲雷鳴般的巨響，手杖柄和葉雨宸之間形成了連線，緊接著，一道直徑一公尺的紫光從手杖中射出，朝他衝了過去。

彷彿好萊塢大片特效的紫光讓葉雨宸徹底呆住，那一刻他動彈不得，只能眼睜睜看著紫光將自己包圍。

「葉雨宸！」蘇迪大喊一聲，但兩人間的距離讓他什麼都做不了。

太過刺眼的光芒讓葉雨宸閉起了眼睛，所以他沒有看到在紫光籠罩他的瞬間，一道銀白色人影從天而降，擋在他的身前。

電流碰撞的聲音刺耳地響起，強烈的氣流掀起了沙塵和頭髮衣角，葉雨宸抬手擋在臉前，好一段時間後，電流聲和氣流才平靜下來。

周圍很安靜，一點聲音都沒有，他唯一能聽到的，是自己打鼓般的劇烈心跳。

發生了什麼？心裡忐忑地想著，他慢慢放下了手臂。

一個身高只到他下巴的少年站在他面前，一頭銀色短髮彷彿觸電般全都豎了起來。少年的右手拿著一個不大的圓盒，此刻，盒子裡流光溢彩，一道紫色的光芒在裡面盤旋閃爍。

而費利南德原本站的位置已經空無一人，不知道是不是因為看到少年出現而逃走了。不僅是他，其他幾個哈爾蒙人也都不見了。

「初階的星雲碎片嗎？今天真是大豐收呢。不過費利南德這下是血本無歸囉。」少年咧著嘴角，開心地說了一句，隨後左手從口袋裡摸出一個透明的蓋子，把盒子蓋了起來。

葉雨宸這才意識到剛才大概是這名少年救了自己，正想道謝，卻看到少年的右手已經焦黑一片，就像是被百萬伏特的電流擊中一樣。

「你的手……」他震驚地喊道，實在無法理解這少年怎麼還笑得出來。這隻手廢了吧？都焦成這樣了，他難道沒有痛覺神經嗎？

銀髮少年把圓盒收進口袋，舉起那隻已經燒焦甚至變形的右手，不在意地笑了笑。「這個啊，沒事的，治療一下就好了。」

治療？這還治療什麼？只能截肢了吧！葉雨宸瞪著眼睛，吞了吞口水，轉頭去看蘇迪。

蘇迪正朝他走過來，手裡還橫抱著劉紫玲。劉紫玲歪著頭靠在他胸口，已經失去了意識。

「咦，她怎麼了？」葉雨宸訝異地發問，他承認剛才那幕是很驚險，但怎麼說攻擊的目標都是他，不至於把劉紫玲嚇暈吧？

蘇迪並不回答，筆直走到他面前，直視著他的雙眼中閃過一陣銀光。

「我們在去試鏡的路上遇到了攔車搶劫，雖然打退了搶匪，但是你和劉紫玲都受了傷。現在，你的傷口很痛，需要休息。」

伴隨著低沉的嗓音，葉雨宸的視線突然變得模糊起來，儘管他抓住了蘇迪的手臂企圖保持清醒，卻依舊雙腿發軟倒了下去。

銀髮少年順勢用沒受傷的左手接住他，朝蘇迪咧嘴一笑。「洛倫佐前輩的催眠術還是這麼強勢呢，說起來這位是大明星吧？不能留下明顯的傷痕，就在他肩膀上弄一道痕跡吧。」

說完，見蘇迪沒有反對，少年把葉雨宸放到地上，從口袋裡摸出一支胖胖的圓珠筆型的儀器，按下幾個按鈕，接著把人翻過來，熟練地拉下襯衫領口，用儀器對著肩膀靠後頸的位置畫了起來。

不到幾秒鐘，一道逼真的粗長紅痕出現在皮膚上，還高高腫起，看起來就像是被金屬棒打出來的。

「好了，換這位女士吧。女人容易受驚，不用受傷也可以暈倒，我看打一針就可以了。」少年自顧自說著，完了又在筆型儀器上按了個按鈕，圓圓的筆頭立刻縮回，繼而伸出一支針頭，他就抓著儀器在劉紫玲的脖子上紮了一針。

這些事他全部是用左手做的，而蘇迪的目光一直落在他的右手上，那隻手垂在身側一動不動，顏色比剛才更深了。

「洛倫佐前輩，沒別的事的話我就先回去了。費利南德連初階星雲碎片都拿出來用了，看起來他已經豁出去了，之後的戰鬥應該會更艱難。我們會儘量配合你，但你自己也要小心，可別再像今天這樣被束縛住手腳了。」

少年說完這一席話，左手橫置胸前，笑著朝蘇迪欠了欠身。他的笑容狡黠，配上眯起的雙眼，更有種淡淡的嘲諷感，但這次蘇迪並沒有被他激怒。

「佩里，我欠你一個人情。」男人面無表情地丟下這句話，把劉紫玲扛上肩，又單手撈起葉雨宸，轉身朝車子的方向走去。

佩里轉頭看了他的背影一眼，嘴角的笑容更深，抬手朝天空的方向揮了揮，一束白光迅速從天而降罩住他，接著他就消失了。

蘇迪把兩名「傷患」在車上安置妥當，重新發動那輛輕微變形的汽車，接著調轉車頭，朝與陸韓工作室相反的方向開去。

車輪經過小飛碟時，結界自動收起關閉，小飛碟從地面彈起，落在蘇迪伸出車窗外的手裡。

ALIEN INVASION ALERT! 外星警部入侵注意

>>>CHAPTER.4

「……放心吧，我們已經幫他做過全身檢查，除了肩膀上那道被鈍器擊打出的傷痕之外，其餘一切正常。鈍器擊打的位置靠近後頸，神經受了刺激所以才會昏迷，應該很快就會醒過來的，不用擔心。」

葉雨宸的意識回歸時，聽到的正是這句話。腦子裡鈍鈍的一片空白，他皺緊了眉，抬手按住頭。

發生了什麼事？他隱約記得他們在去陸韓工作室的路上出了車禍，然後遇到了……遇到了什麼？搶劫嗎？似乎是這樣，但他總覺得還有別的什麼。

模糊的記憶裡似乎有什麼碎片，綠色的皮膚，紫色的光，還有一個模模糊糊想不起長相的少年。

一直守在床邊的陳樂注意到他的動作，立刻緊張地湊了過來。「雨宸，你醒了嗎？感覺怎麼樣？有沒有哪裡不舒服？」

葉雨宸睜開眼睛，看到陳樂臉上寫滿了擔心，於是先輕輕搖了搖頭，隨後才問：「紫玲呢？她沒事吧？」

陳樂見他問起劉紫玲，知道他意識確實很清醒，總算放了心，笑了笑回答：

「放心吧，她已經回去了，她只是受到了驚嚇，並沒有受傷。」

「是嗎？那就好。」葉雨宸微微笑了笑，在陳樂的幫助下坐起身。環顧病房沒有看到新助理，他忍不住問：「蘇迪呢？」

「他把你們送到醫院、聯絡了我之後就去找陸韓了，說要向他解釋一下你沒辦法去試鏡的事。」

聽了陳樂這句話，葉雨宸才想起還有試鏡那回事，不由得歎了口氣。還解釋什麼呢？連老天爺都覺得他就該演腦殘，所以才連試鏡的機會都不給他。

陳樂看出他的失落，當然也猜到了他的想法，可事情走到這一步還能說什麼呢？就算是內定的人選，連公開試鏡都沒有到場，還把角色給他的話，就做得太難看了。

陸韓是個注重名聲的人，他會在下一部電影裡再給雨宸一個角色，可這次，確實是沒希望了。

陳樂輕輕拍了拍葉雨宸的肩，安慰他說：「沒關係，以後和陸韓合作的機會多得是。再說你想轉型的話，也不是只有這一條路可以走，想和你合作的導演還有很多呢。」

「我知道有很多，可那些都是拍偶像劇的。」葉雨宸扯著被單，低聲自言自語。可惡，怎麼會這麼倒楣呢？遇到搶劫？這種事情說出去都沒人信吧？都什麼年代了居然還有攔路搶劫這種事。

不過，真的是攔路搶劫嗎？為什麼他的潛意識告訴他事情沒有這麼簡單呢？他努力回想，可當時的記憶就是一片模糊，除了遇到搶劫這件事，根本就沒有其他細節。

肩膀上的傷口還隱隱作痛，他伸手摸了摸，高高腫起的紅痕控訴著傷痛，可他卻沒有被人打的記憶，甚至到底是怎麼從搶匪手中跑掉的都不知道。

聽到了他的抱怨，陳樂一時之間也答不上話。

雨宸現在走偶像路線是不爭的事實，除了陸韓之外，其他想和他合作的、非偶像劇路線的導演，就只有一個陸勝男了。

可陸勝男特別偏愛同性題材，別說雨宸，就是公司也不能接受。

「總會有機會的嘛，接下來還要拍好幾個廣告呢。我們可以先從廣告開始改變風格。」陳樂畢竟有十幾年的經紀人經驗，真想幫一個藝人改變風格的話，還是有很多辦法的。

葉雨宸撇了撇嘴沒接話。其實他自己也知道，轉型不是那麼容易的事，轉得不好還要冒著人氣大跌的風險，可是現在的戲路，他是真的膩了。

尤其是昨晚看了蘇迪試演的片段之後，他現在對那種充滿男子漢氣概的角色特別嚮往，總覺得真正的男演員至少必須演一次這種角色。

正想著，病房外的走廊上傳來了腳步聲，不久後，蘇迪出現在病房門口，手裡還拿著餐盒。

「餓了吧，先吃點東西，下午的廣告我已經幫你延期了。」蘇迪走近，把餐盒遞給葉雨宸，接著朝陳樂點了點頭，算是打招呼。

陳樂看向他的目光中帶著讚賞。真難得，這次居然招到這麼優秀的人才，行事果斷，思路清晰，更重要的是能力很強。今天的事如果換成女助理的話，現在雨宸還不知道會變成什麼樣了。

「什麼時候可以出院？」葉雨宸卻沒什麼胃口，接過餐盒也一副不想吃的樣子，反而問起出院的事。

蘇迪把筷子遞過去，一本正經地回答：「想出院隨時都可以，但糧食不能浪費。」一句話讓陳樂目瞪口呆，葉雨宸則噗嗤笑了出來。也不知道為什麼，聽到他說出這種話，原本鬱悶的心情居然都好了大半。

陳樂訝異地看看低頭開始吃飯的葉雨宸，又看看等在一邊面無表情的蘇迪，心裡越來越驚歎。

這兩個人合作還不到二十四小時，居然已經培養出一種難以形容的默契，雖然性格截然不同，卻意外地一拍即合。

吃完飯，在葉雨宸的堅持下，陳樂去辦了出院手續。因為他的車撞壞了，公司已經派專人去處理，所以現在三個人一起上了陳樂的車。

陳樂本來打算送他們回家休息，沒想到葉雨宸卻主動問起了工作上的事。「蘇迪，廣告延期的話，錄音呢？」

「請假了，不過今天錄音室沒有其他安排，隨時都可以用。」

「那太好了，和他們聯絡一下，下午還是去把歌錄一錄吧。」

一聽他要去錄歌，陳樂皺緊了眉，遲疑地說：「雨宸，今天還是休息一下吧，距離新歌的發布時間也還早，不用這麼趕。」

「沒事啦，阿樂，你不用擔心，我沒那麼脆弱。」葉雨宸笑了笑，看起來是下定決心的樣子。

陳樂不禁有些為難，轉頭看向蘇迪，希望他也來幫忙勸一勸。本來今天遇到這樣的事就應該好好休息的，何況又沒拿到新角色，雨宸現在堅持要去工作，也不過是勉強自己而已。

蘇迪接收到陳樂的暗示，朝身邊的人看了一眼，涼涼地問：「不沮喪了？」

葉雨宸翻了個白眼，沒好氣地回答：「沮喪你的頭，我才沒有很在意！」

「嗯，那就去錄歌吧，免得回去你又開始糾結了。」

「滾滾滾，我只是覺得回去沒事做而已！」

陳樂聽著兩人的對話，抓狂得差點把方向盤拔下來。搞什麼？這是在搞什麼？他是叫蘇迪勸雨宸回去休息，不是讓他更加充滿鬥志好嗎！

儘管陳樂心裡有著千百個不願意，可葉雨宸已經做了決定，蘇迪也完全不幫他，最終，他只能把車開回公司，眼睜睜看著兩人肩並肩走向錄音室。

葉雨宸這次的新歌是早就準備好的，他出專輯的速度不算快，公司幫他掌握著良好的發展節奏，保證每次新專輯的銷量都能達到理想標準。

因為專輯出得不頻繁，所以進錄音室的次數也不算多，總算在唱歌這方面還沒把他搞到倦怠。加上他有天賦，每次錄歌都很順利，錄音室那邊的工作人員也都很喜歡和他合作。

「雨宸，你真的打算今天錄？其實明後天也可以啊，最近我們這邊不忙。」一進錄音室，音樂總監齊宏宇就走上前，看著葉雨宸的神情間還帶著一絲擔憂，八成是接過陳樂的電話了。

大明星堅定地搖了搖頭，笑著回答：「放心吧，沒事的，過兩天我有點私事要處理，可能就沒空過來了。」

「這樣啊，那好，先試試吧，如果你覺得狀態不好隨時和我說。」齊宏宇說著，開始準備預先錄好的伴奏。

「嗯，沒問題，不過首這歌我在家裡洗澡的時候唱過好多遍了，應該不會有事的。」葉雨宸比了個V，自信滿滿地說完後走進錄音區，關上門、戴上耳機，站在了麥克風前。

齊宏宇結束前置工作，朝錄音區的隔音玻璃豎起拇指，接著按下播放鍵，耳機裡很快傳出了柔和的音樂。他正要戴上耳機，一轉頭看到斜倚著牆在一旁等待的蘇迪，就笑著問：「要不要聽聽看？」

昨天陳樂已經帶蘇迪到各個部門和大家打過招呼了，所以齊宏宇並不是第一次見到他，比起過去那些每次來錄音室都吵著要聽雨宸唱歌的女助理，這次這位顯然深得齊宏宇歡心。

但大概是習慣每次都有人一起聽雨宸唱歌了，蘇迪現在沒提出來，他反而覺得有些寂寞，還主動開口邀請。

蘇迪意外地挑了挑眉，猶豫了一瞬，走過來接過耳機戴上。齊宏宇笑笑，幫自己接上另一副耳機。

雨宸的歌聲已經響了起來，和他說話的聲音不同，更清澈，更富有感情，像

外星警部入侵注意

是汪洋大海中暢遊的一尾海豚，又像是懸崖峭壁上一朵盛開的高嶺之花。

「我要讓你親眼見到，比相愛更重要的是相依，光陰錯落了時空，卻無法洗刷我們的心靈……」

透過錄音室中央的玻璃窗，蘇迪一瞬不眨地看著葉雨宸。

那人唱歌時閉著眼睛，彷彿沉浸在一個人的世界。而他的歌透過耳機傳進耳膜還不夠，隨著音樂，更是直達靈魂深處。

蘇迪腦中突然閃過很多往事，微微有些失神。這讓他覺得奇怪，一個普普通通的地球人，為什麼會有這麼強的感染力。這種感染力，幾乎可以引起某種共鳴。

才剛想到共鳴這個詞，耳機中突然響起劇烈的嗡鳴聲，那聲音非常刺耳，震得蘇迪立刻拿下耳機，頭也跟著痛了起來。

「怎麼了？」齊宏宇注意到他的動作，嚇了一跳，緊張地問道。

聽阿樂說蘇迪和雨宸一起遇到了搶劫，不會是受了什麼外表看不出來的傷吧？看他現在的樣子，該不會是腦震盪吧?!

很顯然，那刺耳的嗡鳴聲只有蘇迪一個人能聽到，齊宏宇此刻還戴著耳機，一副什麼事也沒有的樣子。而錄音區裡的葉雨宸還在唱歌，裡面隔音效果很好，他又閉著眼睛，根本注意不到外面的變化。

即使摘下了耳機，嗡鳴聲還是在耳邊回蕩。劇痛侵襲著蘇迪的腦袋，他咬緊牙關，單手按著太陽穴，朝齊宏宇做了個手勢示意不要驚動雨宸，隨後搖搖晃晃地走出了錄音室。

直到把錄音室的門關上，那個詭異的聲音才消失，蘇迪整個人虛軟地靠在牆上，心臟劇烈地跳動著。

這是怎麼回事？那個嗡鳴聲到底是什麼？只有他一個人能聽見，說明那是非地球的音波，可是，外星音波為什麼會從耳機裡傳出來？

「蘇迪？你怎麼了？身體不舒服嗎？」近處突然響起的女聲讓他回過神，轉頭，夏玲手裡抱著一疊資料，正瞪大眼睛緊張地看著他。

蘇迪搖了搖頭，站直身體回話：「沒事，剛才突然有點頭暈。」

「頭暈？那還是去檢查一下吧，聽說你們早上遇到搶劫，還和對方肢體衝突？是不是受傷了啊？對了，說到搶劫，是你保護了雨宸嗎？啊，一定是這樣的，我就知道，你這麼高大威猛，完全可以兼職保鏢嘛。果然是極品CP啊，我真是太幸福了，居然能有幸親眼看到這麼完美的一對！」

夏玲說到後來，已經兩眼發光變成花痴，一串粉紅色泡泡飄在周圍，幾乎要變成泡泡的海洋。

而蘇迪滿頭黑線，嘴角抽搐，就差沒吐血。雖然陳樂昨天就悄悄和他說過夏玲的屬性，不過這也太誇張了，看來以後還是繞道避開她比較好吧。

看夏玲還沉浸在腦補裡，蘇迪擦掉滿頭的冷汗，轉身打算離開。趁葉雨宸還在錄歌，他可以找個沒人的地方和佩里聯絡一下，問問這個聲波的事。

結果他的腳步剛邁開，夏玲就激動地說：「咦，蘇迪你要走了嗎？雨宸還沒錄完吧？你等他一起走嘛～我跟你說，現在全公司的女性員工都很期待看到你們一起出現喔，嘿嘿，這可是我努力洗腦傳教的成果，我實在是太……」

蘇迪頓時停步，眼眸微微睜大，想到了什麼。洗腦？那個音波難道是！一轉身，他猛然打開錄音室的門，右手上的金屬環也亮了起來。

可在看到裡面的情景後，他又停下了所有的動作，金屬環的光芒也自動消失了。錄音室裡，葉雨宸已經走到音控間，正和齊宏宇一起聽剛才錄的歌，兩個人都是一副沒事的樣子。

蘇迪愣在當場，被他過大的開門聲嚇到的葉雨宸卻叫了起來：「靠，你搞什麼啊，嚇死人了。開個門而已有必要這麼用力嗎？你用腳踹的啊?!」

他們沒事？蘇迪怔了怔，心裡的疑惑更重了。

被洗腦音波攻擊後不可能這麼自然，肯定會陷入呆滯狀態。但如果那不是洗腦音波的話，又是什麼呢？

葉雨宸問完話沒有等到回應，見蘇迪一副失神的樣子，反倒擔心起來，邊走過來邊問道：「喂，蘇迪，你怎麼了？不舒服嗎？」

說著，他抬手就按上了蘇迪的額頭，立刻驚呼起來：「你發燒了！該死的，不舒服怎麼不說還死撐？你是不是也被搶匪打傷了？傷口在哪？」

葉雨宸說著，抬手就要拉開蘇迪的襯衫。雖然純粹是擔心助理的健康問題，但這一幕落到就在門外的夏玲眼裡，直接就讓她噴鼻血了。

哇噻，她看到了什麼？這畫面實在太辣了她要燒起來了！沒想到雨宸居然有這麼主動的時候，她本來還以為雨宸絕對是被壓的那個，現在看來下結論還早呢。

「我沒事。」感受到來自背後的森森惡意，蘇迪微微抖了抖，連忙攔下葉雨宸的手。這傢伙動作好快，他不過是一瞬間的大意，居然就被碰到了身體，這下就有點麻煩了。

「那麼燙還說沒事？你的腦袋都可以煎蛋了！」大明星雙眼一瞪，氣勢十足，說完也不給人反應的時間，直接拖著蘇迪就往外走，一邊側頭朝齊宏宇說：「宏宇，後期調整就交給你了，我帶這傢伙去醫院。」

蘇迪看他一臉的堅決，知道這下怎麼樣都躲不過地球醫生的原始醫術了。如果不是連續催眠會損傷人類的大腦，他現在很想立刻再對葉雨宸進行一次。

從錄音室出來的一路上，他們「拉拉扯扯」的樣子就這樣被全公司的人看見了。男職員全都面露驚訝，而女職員，居然人人激動不已，三三兩兩湊在一起熱烈討論，看她們的樣子，簡直就像是買樂透中了大獎。

「阿樂，車借我，我送蘇迪去醫院，這傢伙燒得很嚴重。」出電梯的時候正好碰到陳樂，葉雨宸直接伸手要車鑰匙。

陳樂看著他們目瞪口呆，遞上鑰匙之後還沒來得及說什麼，葉雨宸已經拉著人從他眼前消失了。

看著兩人出了公司大門直奔停車場，陳樂一拍大腿跳了起來，搞什麼！雨宸那傢伙是真的打算和男助理鬧緋聞嗎！拉得這麼緊有沒有搞錯啊！

去醫院的路上，葉雨宸繃著臉，一句話都不說。

蘇迪雖然維持著面無表情的樣子，可是心裡鬱悶得不行。想到等下不知道要催眠多少人，他就覺得很無語。

到了醫院，葉雨宸又一路把人拖進急診室，好在大明星雖然看起來很生氣，但沒有失去理智，還記得戴上放在車子裡的鴨舌帽和墨鏡。

整個診療過程很迅速，因為趁葉雨宸不注意的時候，蘇迪已經用眼神對接觸過的人都下了暗示。最後，醫生給他開了退燒藥，並且囑咐他回去好好休息就結束了。

「就這麼簡單？發燒的原因呢？」葉雨宸看著診斷書上潦草的字跡，似乎無法接受這個事實。

頭髮花白的老醫師笑呵呵地回答：「他的身體沒問題，不過最近可能太累了，才引起低燒，只要休息好就沒事了。」

低燒？葉雨宸露出一臉驚訝的表情，剛才那種碰到火爐般的感覺他可是記憶猶新呢，這是低燒的話那怎樣才算高燒？要著火才可以嗎？

然而無論他再怎麼懷疑，體溫測試結果都清清楚楚地寫在診斷書上，三十七點八度，確實只是低燒而已。

「我真的沒事。」迎上葉雨宸投射過來的懷疑目光，蘇迪舉起雙手，鄭重地保證。

見他看起來確實沒有什麼大礙的樣子，大明星冷哼了一聲轉身往外走，可是心裡的疑惑卻一點都沒有消除。

剛才他摸到的體溫絕對不正常，蘇迪這傢伙明顯是在隱瞞什麼，可是為什麼醫生和護士也願意配合他呢？這沒道理啊。

知道這件事就算想破腦袋也不會有結果，葉雨宸放棄鑽牛角尖。既然歌也錄完了，他決定今天就先回家，正好也讓某個低燒的人可以休息。

到家後，蘇迪先是在葉雨宸的監視下吃了退燒藥，然後就乖乖回房睡覺去了。

「晚餐我會叫外送，到時候再叫你起床。」親眼看著助理脫了衣服爬上床，大明星總算重新露出一絲笑容，說完這句話後轉身離開，順手幫蘇迪關上了房門。

床上的人一臉無奈，等門外的腳步聲徹底消失後，這才爬起身，躡手躡腳地走到書桌旁拿筆記型電腦。

一分鐘後，佩里滿面笑意地出現在螢幕上，揮著已經恢復原樣的右手朝他打招呼：「嗨，洛倫佐前輩，怎麼在這個時間聯絡？有什麼緊急情況嗎？」

蘇迪儘量讓自己無視螢幕上那張欠扁的笑臉，面無表情地把今天在錄音室發生的事敘述了一遍。

佩里聽後揚起了眉梢，做出一臉誇張的驚訝表情，豎起一根食指說：「今天在你說的時間範圍裡我們沒有檢測到任何外星訊號，所以，那應該不是來自外太空或者從外星道具上發出的音波。但是只有你能聽到的話，確實應該是屬於地球之外的訊號呢，好奇怪。」

蘇迪的額頭隱隱跳出一道十字青筋，這傢伙囉嗦了半天全在說廢話？他是故意的嗎？

儘管從男人的表情上可以看出他的不愉快，但佩里臉上欠扁的笑容卻沒有絲毫收斂。他側身在旁邊的電腦上輸入了什麼，然後才回過頭說：「總之，我會向上彙報這個情況，如果有消息會立刻通知你。」

蘇迪點了點頭，沒有再說什麼，切斷了通話。

把電腦放到一邊，他抬起右手，在金屬環上按了一下，刻著複雜紋路的手環上跳出一個小型立體顯示螢幕，上面列著許多名字，他拖動列表，最後點擊了安卡兩個字。

隨著點擊，姓名列表消失，取而代之的是一個小頭像，頭像上是個金髮藍眼的美人，雖然只是微微一笑，已經足夠明豔動人。

蘇迪看著安卡的頭像，先選擇了頭像旁邊的視訊通話，但通話請求的訊號發送後，對方卻遲遲沒有回應。無奈之下，他只能關閉視訊通話，改向對方傳送文字訊息。

妳什麼時候回來？

簡簡單單的一個問題，卻久久沒有回音，蘇迪看著訊息欄位中孤零零的問句，忍不住苦笑地扯了扯嘴角。這麼慌張可不像他了，那傢伙有消息的話，肯定會第一時間通知他的。

等了足足十分鐘沒有回復，蘇迪失望地關掉了通訊系統，看著天花板發了一下呆之後，他想到了現在能做的事。

睡覺肯定是睡不著的，可是如果不想繼續讓葉雨宸起疑，他也不能下樓。那麼，唯一能做的事，就是先去葉雨宸以前住的地方看看了。

打定主意，他迅速起床，拉開衣櫃，拿出一套銀白相間的緊身制服穿上。

制服還附著頭盔，外殼上只有眼部位置是鏡片，其他全部封閉。戴上頭盔之後，他身上發出一陣淡淡的銀光，接著就逐漸和周圍的環境融為一體，變成了透明體。

臨走之前，他設立結界保護葉雨宸的房子，隨後在花園無人的角落裡推出一輛和他一樣透明的機車，跨上去後，機車迅速發動，無聲地飛了起來。

十分鐘後，機車在一處老式民居的頂樓降落。蘇迪從屋頂翻到窗前，沒費什麼力氣就推開了那扇老舊的木窗，然而讓他驚訝的是，房子裡一片狼藉，顯然在不久前才被人翻箱倒櫃搜找過什麼。

看樣子，費利南德已經派人來過這裡了。心裡這樣想著，他啟動金屬環內的掃描系統，將整棟屋子掃描一遍。

紫色的鐳射光在不大的屋子裡掃了一圈，系統沒有發出任何警示，可見，這裡並沒有屬於外星的東西。

關閉金屬環，蘇迪開始仔細檢查周圍散落的物品，尤其是一些看起來像信件或者文書的東西。房間被翻得很亂，搜索工作變得相當困難，即便如此，他仍然耐心地查找有用的線索。

最終，他在一個看起來像是書房的房間裡找到了一封被夾在英漢字典裡的信，信上的日期是十年前。由於年代久遠，信紙已經泛黃破損，上面的字跡也變得很模糊，但仔細看的話，還是能勉強看出內容。

雨宸，我在四十八號櫃裡給你留了一份遺產，這份遺產會在你二十四歲生日那天生效，到時候記得去領出來。

遺產？蘇迪看著這個詞皺了皺眉，看這個房子的樣子，葉雨宸雖然早就不住在這裡，但還是有定期派人打掃，或許他自己偶爾在休假的時候也會回來看看。

星光的資料庫裡並沒有記錄葉雨宸父母的情況，但現在看起來，他們很可能已經過世了。那麼，遍尋不著的星雲碎片，會不會也像這份遺產一樣，被存放在哪個保險櫃裡呢？

二十四歲，如果他沒有記錯的話，葉雨宸的生日就在半個月前，而他們接到星雲碎片的消息也差不多是在那時候，難道遺產和星雲碎片有關嗎？

雖然覺得這個猜測非常不可思議，但從目前掌握的線索來看也只能這樣想。蘇迪再度啟動金屬環，把整封信掃描一遍。系統依舊沒有給出什麼提示，但他還是把信件連同房子的資料傳送給佩里。

「嘀嘀嘀」，一連串急切的警報聲在此時突然響起，蘇迪表情一凜，從窗戶翻上屋頂，迅速騎上機車返回。

ALIEN INVASION ALERT! 外星警部入侵注意

>>>CHAPTER.5

外星警部入侵注意

熟悉的房子映入視野，十幾個哈爾蒙人正爬在外牆上，企圖從各個門窗侵入，但因為結界的關係，他們暫時無法得逞。

飛速接近的蘇迪在半空中啟動了金屬環，鐳射槍現形，毫不猶豫地射向入侵者。

正在一樓健身房裡跑步的葉雨宸隱約聽到房子外面傳來很奇怪的聲音，剛停下腳步，背後的窗戶就閃過一道黑影。

「怎麼回事？」他咕噥著朝窗戶走過去，心裡納悶地想著他這是獨棟別墅啊怎麼好像有人從上面丟了什麼東西下來？

「喵——喵嗚！」還沒走到窗邊，原本安靜地邊吃罐頭邊陪他健身的雪團突然扯著喉嚨拚命叫了起來，葉雨宸被牠的聲音嚇了一跳，轉頭看到牠拚命抓著自己的喉嚨，連忙跑了回來。

「雪團，妳怎麼了？噎到了嗎？我知道今天的魚罐頭很好吃，但也沒必要這麼猴急吧？」因為這一回頭，葉雨宸沒有看到窗外墜下的第二個哈爾蒙星人。

走到雪團身邊，他把看起來楚楚可憐的貓咪抱起來，用力拍了拍牠的後背，又掰開牠的嘴巴檢查了一下，這才鬆了口氣，安心地說：「真是的，難得給妳換個口味就噎到，也太不小心了。」

剛說完，「咚」的一下，身後的窗戶上傳來一聲悶響，葉雨宸嚇了一跳，立刻回頭。

「喵——」結果雪團也再度驚叫起來，直接跳到葉雨宸的臉上，用四肢緊緊抱住他的腦袋。

「砰」的一聲，因為失去視力導致平衡失調的大明星四腳朝天摔倒在地。而此刻，健身房的窗外，一個哈爾蒙星人正趴在那裡，臉色猙獰地往內看著他。

下一秒，鐳射槍打中目標，在哈爾蒙人身上炸開一片銀光，接著，那渾身綠油油的外星人就齜牙咧嘴地掉了下去。

「雪團，妳搞什麼！」

等葉雨宸氣急敗壞地把愛貓從臉上扒下來，窗外已經風平浪靜，而雪團一秒鐘變回淑女，乖乖地坐在一邊，還眨了眨無辜的大眼睛。

葉雨宸鬱悶地瞪了牠一眼，搞不清牠到底在發什麼神經，走到窗戶邊朝外面看了看，沒發現什麼異常，也不知道剛才的各種異響是怎麼回事。

葉雨宸看不到的是，透明化的蘇迪正騎著機車盤旋在他的窗外。在確定沒有其他哈爾蒙人後，掉頭飛回到他自己房間外頭，躍過結界跳進窗戶，而機車則自動回到花園的角落。

脫下制服收進衣櫃，他拿出手機撥出某個號碼，很快，佩里的聲音響起：「哈羅，洛倫佐前輩。」

「葉雨宸家這邊有十幾個哈爾蒙人屍體，你派人來處理一下，我暫時把他們透明化了。」

「什麼時候的事？就剛剛？」佩里總是帶著的笑意消失了，語氣中出現明顯的驚訝。

蘇迪顯然料到了他的反應，面無表情地回答：「費利南德沒有來，顯然這只是一次試探，他們逃過了我們的監視系統。」

「這可是大事，我立刻向總部彙報。」佩里說完就掛斷了電話，蘇迪眉心微蹙，擔心他會忘了處理屍體的事。事實證明他多慮了，五分鐘後，外面傳來幾不可察的氣流聲，顯然是負責處理的人來了。

蘇迪看了眼時間，覺得差不多了，於是穿好衣服走出房間。

葉雨宸也正好從健身房出來，看到他後驚訝地問：「你已經起來了嗎？是不是被雪團吵到了？」

他說著，低頭瞪了腳邊的愛貓一眼。這傢伙剛才的叫聲根本就是歇斯底里，整棟房子都聽得到，看，這下都把病人吵醒了。

雪團昂著頭，完全沒有悔過的樣子，倒是蘇迪感激地看了牠一眼，還趁葉雨宸沒在看他，豎起大拇指示意了一下。

被誇讚的貓咪開心地低叫了聲，直接丟下主人，跑到沙發上休息去了。

「退燒了嗎？」走到蘇迪面前，葉雨宸看著他問。

蘇迪點了點頭，有些防備地看著眼前的人，提防他再伸手摸自己的額頭，畢竟一摸他就穿幫了。好在，這次葉雨宸沒有這麼做。

「我叫了外賣，應該快送到了，等會你簽收一下，我先洗個澡。」大明星運動過後一身汗，把等外賣的工作交給助理，自己去了浴室。

外星警部入侵注意

蘇迪下樓，在沙發上落座，雪團立刻跳到他身邊，低聲問：「剛才是什麼情況？怎麼哈爾蒙人會在白天出現？」

阿爾忒彌雖然不是宇宙警部的人，但對他們也有一定瞭解。像葉雨宸這種特別保護對象，住家周圍會設置加強結界。這種結界會在白天吸收太陽能，特別強力，完全可以擋住外星人的入侵。

蘇迪兩手十指交叉，沉思片刻後回答：「他們不但突破了結界，而且連監視系統也避開了。」

「怎麼會這樣？監視儀不是密布在空氣中，可以監控整顆地球嗎？」

蘇迪沒有回答這個問題，顯然他也不清楚費利南德他們是怎麼做到的。

就像阿爾忒彌說的，宇宙警部的監視儀密布在空氣之中，只要探測到外星人的攻擊性氣息，警報就會立刻傳送。

之前在林間小路上，正是因為監視系統探測到費利南德他們，佩里才能在關鍵時刻趕到，救下葉雨宸。

雖然遇到緊急事件蘇迪也可以請求支援，但一方面這樣不如監視系統速度快，另一方面也容易被葉雨宸察覺到異樣，地球上有外星人這件事，是宇宙警部必須要保守的祕密。

看來，以後的麻煩會越來越大，想儘快解決這件事，只有早點找到星雲碎片才行。

想到這裡，蘇迪問雪團：「妳知道他父母的情況嗎？」

「啊……」雪團低叫了聲，小臉皺了起來，為難地說：「雨宸從來沒有提過他的父母，他們也沒有來看過他。」

聽著這句話，蘇迪對自己的猜測又更加肯定了。以葉雨宸的個性，如果父母還在世的話，是不可能完全斷了聯絡的，那麼，星雲碎片果然和那份遺產有關係嗎？

「不過，」雪團在這時像是想起什麼似地又開了口：「他每個月的十三號都會獨自出門一趟，就算是在劇組拍戲也一定會請假。」

十三號？不就是明天嗎？難怪他今天堅持要把歌錄完，而且明天公司只幫他安排了早上需要出席一小時的工作。

蘇迪沉思著，微微點了點頭，門鈴在這時響了起來，他起身去開門，取回了外賣。

「晚餐送來了嗎？太好了，正好餓了。」洗完澡的葉雨宸穿著一身超級瑪利歐的居家服走了下來，一條毛巾搭在肩膀上，還在擦頭髮。

蘇迪看了他一眼，把外賣放上餐桌，跑上樓拿了吹風機，站在他背後幫他吹起頭髮。

原本已經拿起筷子準備吃晚飯的葉雨宸突然被人摸到頭髮，嚇了一跳抬頭，從鏡子裡看到蘇迪站在身後一副要幫自己吹頭髮的樣子。他瞪圓眼睛問：「這個你也會？」

蘇迪面無表情地打開吹風機開關，淡定回答：「女助理能做到的事，我都能做到。」

「噗——」葉雨宸慶幸自己還沒開始吃飯，不然此時肯定會噴一桌子。

「其實自然乾也可以嘛。」大明星拍了拍胸口壓驚，隨口回答。

蘇迪卻一板一眼地說：「明天一早公司要開新聞發布會，你今晚最好不要把髮型睡亂。」

大明星吐了吐舌。他倒是忘了，新專輯錄好了，明天開始就要宣傳了，新聞發布會他可是主角。

蘇迪完全不理會他的反應，動作嫺熟地吹起頭髮，姿態完全堪比職業髮型師。葉雨宸的頭髮很軟，因為是明星的關係，髮型留得比一般男性長。蘇迪修長的手指靈活地穿梭在髮間，指腹下是他的頭皮傳來的溫度，涼涼的，很舒服。

這就是真實的地球人的體溫嗎？還真是很低呢。

儘管思緒有點飄移，蘇迪還是迅速完成了任務。餐桌對面的鏡子裡，葉雨宸已經從濕漉漉的性感帥哥變身朝氣蓬勃的花樣美男，這副外型完全可以直接出席新聞發布會了。

「厲害厲害，比之前女助理的技術更好。」葉雨宸滿意地豎起了大拇指，重新拿起筷子。

蘇迪不置可否，走到對面坐下，兩人安靜地吃起晚餐。

吃完後，蘇迪收拾餐桌，出門丟垃圾。葉雨宸隨手扔在茶几上的手機響了起來。他走過去，看到螢幕上閃動的是陳樂的名字，很快接了起來：「阿樂，有事嗎？」

「雨、雨宸，選、選上了！」陳樂的聲音在顫抖，像是激動到極致之下的難以平靜。

葉雨宸卻莫名其妙地皺起了眉，不解地問：「什麼選上了？阿樂你先冷靜下來，跟著我的指示做，吸氣——呼氣——再一次，吸氣——呼氣——」

「雨宸！你被陸韓選上了！新電影！」這一次，陳樂總算不顫抖了，一下子提高的音量差點震破了葉雨宸的耳膜。

他把手機拿遠了一點，不過在聽到那句話後，也當場愣住了。他被陸韓選上了？怎麼可能？

陳樂的聲音很快再度響起，解答了他的疑惑：「是蘇迪，他把行車記錄器拍下來的一段影片拿給了陸韓，是你救劉紫玲的那段。陸韓的助理打電話來說，他們全都看得很感動。」

行車記錄器的影片？靠，這樣也行？葉雨宸把眼睛瞪成了兩顆銅鈴。

陳樂還在那邊激動地說著：「這真是個大驚喜，蘇迪在嗎？幫我好好謝謝他，真沒想到他居然能想到這種辦法。聽說你當時還正好說了試鏡的臺詞，簡直就是完美！」

大門在這時被人從外面打開，蘇迪走進來，看到葉雨宸目瞪口呆的樣子揚起了眉梢，似乎在詢問他怎麼了。

葉雨宸看著他走過來，愣愣地問：「影片……是什麼樣的？」

蘇迪幾乎是轉眼間就明白了他在說什麼，陳樂還在手機裡興奮地說著話，但是已經沒有人在聽了。

「想看嗎？」蘇迪的嘴角似乎微微勾了一下，儘管這不是個好兆頭，但這一次葉雨宸完全不想阻止他。

公事包在回來之後就丟在沙發上，此時他從裡面拿出一張光碟，隨手遞了過來。

大明星看著那張光碟，還有種在做夢的感覺。老實說，他不是很記得當時的情景了，甚至連自己說了哪句臺詞都不是很清楚，可現在光碟就在眼前，裡面有當時的影片。

轉身跑上樓，他衝進書房，打開電腦，把光碟塞進光碟機的時候覺得心跳有點失常。

蘇迪邁著不緊不慢的步伐跟在後面，沒有進去，而是斜倚在門口。

影片很快被打開了，只有短短一分鐘都不到，而且因為是行車記錄器拍攝的，所以稍稍有一點點模糊，但葉雨宸看了一眼後就驚訝地問：「你後製過了？」

看得出來，這段影片不但截取了合適的角度，還經過剪輯，不然行車記錄器拍攝的影片能感動陸韓才怪。

蘇迪對此並不否認，淡定回答：「女助理做不到的事，我也能做到。」

葉雨宸嘴角一抽，雖然覺得他臭屁得有點過頭，但不得不承認，他有臭屁的資本。

影片畫面上，劉紫玲正被兩個強壯的男人粗暴地從汽車裡拉了出來，她嚇得臉色慘白，大聲尖叫起來。然後畫面轉到葉雨宸身上，他當時正把其中一名搶匪過肩摔出去。

聽到尖叫聲後，他轉過頭，臉上的表情除了凝重，更有一份強悍的氣勢。他的雙眼直視前方，沒有絲毫躲閃。

「放開她。」

擲地有聲的宣言，並沒有用多大的音量，卻清晰地傳進耳中，葉雨宸愣愣地看著影片裡的自己，那表情完全就像是在看一個陌生人。

這樣一段影片，或許並不能體現出他有多硬漢，但危急時刻他的表現，卻帶著一股讓人感動鼓舞的力量，而陸韓的電影，需要的恰恰就是這種元素。

感染力，這是一個優秀的演員必須具備的素質。

「這真的是我嗎？」葉雨宸驚訝之餘，轉過頭，指著螢幕上定格的畫面問蘇迪。

蘇迪聳了聳肩，輕鬆地回答：「他顯然和我長得不太一樣。」

「你……為什麼……」葉雨宸喃喃地開口，卻沒能完整地問出問題。

他只是突然想到，在經過了一場驚心動魄的危機之後，他和劉紫玲都躺在醫院裡，眼前這傢伙卻從行車記錄器裡取出影片進行剪輯，還親自送到陸韓手裡。

而且，可能還是在強撐著身體不適的情況下。

他為什麼要拚到這種程度？僅僅是為了完成身為助理的工作嗎？可在那種情況下，就算他什麼都不做，也根本不會有人責怪他。

斜倚在門口的人在這時直起身，瀟灑轉頭，舉起手揮了揮。「我只是厭倦了你的腦殘電影而已，不用太感動。」

腦殘電影……葉雨宸黑了臉，額頭跳出十字青筋，拳頭握得緊緊的。

可惡啊，這傢伙是不毒舌會死星人嗎！難得做了這麼感動人心的一件事他就不能說點好話嗎。陳樂，你雇用這傢伙是為了氣死我的嗎！

內心 OS 奔騰的大明星，徹底忘記了一件事，那就是這個助理其實是他自己欽點的。

從書房出來的蘇迪直接去了浴室，進門後，他仔細地把門鎖上，這才開始脫衣服。

昨晚葉雨宸對他洗澡洗了一個小時的事好像很有意見，看來今晚只能繼續被他念叨了。不，準確地說只要他沒離開，葉雨宸每晚都要面對男助理洗澡比女助理更慢這個事實。

脫光衣服的蘇迪順便解下了手上的金屬環，在此期間浴缸裡的水已經放滿，他在金屬環上按了幾下，然後把手環丟進了水裡。

一陣銀藍色的電波立刻在水裡流竄凝結，沒過多久，浴缸裡的水竟然像凝固一樣變成了膏狀，而電流在水體表面下流動，帶起一片片銀藍色的光暈。

蘇迪跨進浴缸躺下，整個人淹沒在水面下，電流很快開始圍著他流竄，有些甚至鑽進了他的身體裡。

離開各自母星的宇宙警部們，當然需要特殊的方法來補充能量，尤其是在消耗過力量後，如果不及時補充的話，很有可能會出現力量突然枯竭的情況。

對現在的蘇迪來說，每天在這個能量池中泡一個小時，就是他維持力量最簡單的方法。此外，能量池也可以幫助他降低體溫，並在一定時間裡維持在人類體溫的水準，直到消耗力量。

當然，這個補充能量的過程隨時可以暫停，只要結界響起警報，他可以立刻跳出來出去戰鬥，只不過裸體出鏡可能會嚇到某位屋主就是了。

費利南德那邊也不知道在打什麼鬼主意，下午偷襲之後並沒有再來騷擾。蘇迪樂得輕鬆，舒舒服服地在能量池裡躺滿一個小時，才起身沖了個澡。

剛剛補充完能量的身體體溫特別高，需要一段時間才能降到人類水準，所以蘇迪仍然只穿一條沙灘褲，就大咧咧地下了樓。

葉雨宸正在筆電上收郵件，看到他下來，先是愣了愣，隨後跳起來指著他大聲說：「你怎麼又沒穿上衣就下來了，不是才退燒嗎？你這是自討苦吃！自討苦吃知道嗎！」

蘇迪被他說得愣在了原地，很顯然，某人已經完全忘記自己下午「發燒」的事情了。

他摸了摸鼻子，無奈回答：「其實我是天生體溫比較高，真的沒事。」

「真的？」葉雨宸滿臉懷疑，上下打量他的助理。唔，他看起來好像確實不冷啊，雞皮疙瘩都沒冒一個。可是，這種天氣就脫光，他真的確定自己不是暴露狂？

面對雇主懷疑的眼神，蘇迪很淡定，挺著背脊走過去，完全不介意全方位展示自己的好身材。

「公司來的郵件嗎？說了什麼？」朝筆電螢幕瞄了一眼，他隨口問了一句，一邊去冰箱裡拿了一罐飲料。嗯，冰飲什麼的最能降低體溫了。

葉雨宸往後靠在了沙發上，隨手抱過雪團回答：「是明天新聞發布會的資料，阿樂要我順便和你說，記得和陸韓那邊確認行程，做好排程的更改計畫。」

「嗯。」蘇迪點了點頭，打開易開罐喝了一口，才接著說：「如果你身體沒問題的話，我去聯絡一下，明天下午補拍廣告？」

「明天不行。」就像預料的那樣，大明星一口否決，絲毫沒有猶豫。

蘇迪沒接話，裝出意外的樣子看著他，等他說明情況。

雪團原本安靜窩在葉雨宸臂彎裡的腦袋在這時抬了起來，看了看主人又看了看蘇迪，眼睛亮亮的。

葉雨宸的表情沒有太大的變化，他垂眼看著筆電裡的資料，淡淡地說：「明天新聞發布會後我要外出一趟，蘇迪你也放個假休息一下吧，或者去看看阿樂那邊還有什麼安排。」

「你要獨自出門？」

「嗯。」

儘管葉雨宸完美地掩飾了自己，但蘇迪還是看得出來，他的情緒隱隱產生了變化。這種變化並不明顯，僅僅是一種感覺，但這讓蘇迪意識到，每個月十三號的固定行程，對葉雨宸來說並不只是普通的出行。

他要去哪裡？去做什麼？連阿爾忒彌都不知道的謎之行程，會不會就是引導他們找到星雲碎片的線索？

見他沒有要說出去哪裡的打算，蘇迪只能點了點頭，接著問：「那你覺得安排在什麼時候方便？」

「除了明天都可以，儘量在進電影劇組前吧。」

「好。」

應了之話後，蘇迪見他沒什麼其他話要說，於是主動開口：「沒有其他事情的話，我要出去一趟。」

一聽他要出門，葉雨宸換上了一副興致勃勃的表情，賊賊地笑了起來。「要去見女朋友嗎？」

他就說嘛，雖然兩個男人一起住確實方便工作，而且也沒有引起緋聞的顧慮，但對蘇迪來說肯定不太方便嘛。你看，人家想去見女友還要特地跟自己打招呼，隱私自由都沒有了呀。

本以為這種八卦的問題一定會被腹黑助理拒絕回答，但出乎意料的是，蘇迪居然很直接地承認了：「算是吧。」

對於一個經常需要找藉口外出的人來說，有個女朋友來當擋箭牌，實在是太方便了。就算葉雨宸不這麼想，他也會說這個謊。

「咦咦？真的是去找女朋友？吶吶，她長得怎樣，給我看看照片嘛。能當你女朋友的人，一定是大美人吧。」葉雨宸心底深處的八卦之魂燃燒了起來，兩眼發光地湊上去，就連懷裡的雪團都伸長了脖子，一副側耳傾聽的樣子。

蘇迪直接把手上的冰飲往他臉上貼。「如果這是誇獎的話，謝謝。」

「喂，不要這麼小氣啦，不就是看張照片嘛！」被冰飲推開的人大聲說了句，只可惜，談話的對象頭也不回地上樓穿衣服去了。

五分鐘後，蘇迪穿著一身深色休閒服下了樓，帥氣逼人的樣子還真有點像要去約會。

葉雨宸還窩在沙發上，此刻正拿怨念的眼神看著他，就好像他不拿出女朋友照片就是犯罪一樣。不過，這種招數對付他是沒用的，就算來一百個葉雨宸賣萌，他也照樣可以忽略。

出了門，確認周圍沒有人，蘇迪走到花園角落，藏身在一大片植物叢後頭，從口袋裡摸出一枚戒指。

輕點戒托上碩大的藍寶石後，一道虛空傳送門迅速出現在他面前，蘇迪左右看了看，邁開腳步跨進去。

穿過傳送門，整體裝修採用白色基調的宇宙警部辦公室出現在眼前。外層觀察室裡立體投影正在自動運行，並沒有工作人員看守。往裡走，才是有專職人員駐守的研究室和設備科。

晚上，研究室裡人不多，除了兩個值班的警衛之外，只有一道白色身影在研究室裡忙碌著。

銀髮少年穿著研究人員的白色工作服，耳朵裡塞著耳機，左手邊懸空放著一本立體投影資料書，右手正在操作臺上飛快地輸入著什麼。

操作臺上方有一個圓形容器，容器裡懸浮著一塊巴掌大小發著光的紫色碎片，正是之前從費利南德那裡搶來的初階星雲碎片。

少年的側臉很認真，專注地沉浸在研究裡，完全沒有發現身後有人。他時不時停下來翻閱立體投影資料書，眉宇也時常皺起。蘇迪斜倚在研究室門口，就這樣看了好一會兒。

直到發現了什麼，少年臉上浮起一絲激動的笑容，轉頭要往外走，才驚訝地看到了蘇迪。

「洛倫佐前輩，你怎麼來了？」佩里用力眨了眨眼，又揉了揉，才確定自己沒有產生幻覺。

蘇迪直起身，沒有進入研究室，而是轉身往對面的設備科走，同時淡淡回應：「我想和安卡通話。」

佩里沒有跟過來，站在門口接話：「我已經試過聯絡安卡前輩，但是一直沒有回應，傳送去總部的資料和報告也暫時沒有得到回復。」

「通訊有障礙嗎？」蘇迪微微皺眉，一邊操作通訊系統一邊問道。

佩里搖了搖頭，聲音很無奈：「照理來說是不可能出現這種情況的，但現在確實聯絡不上總部。」

蘇迪聽到這句話，眉心皺得更緊。然而就像佩里說的，無論他發出怎樣的通話請求，系統通通沒有回應。

「或許不是通訊故障，而是我們這裡的整個系統都出了問題。」嘗試無果，蘇迪提出了一個猜測。

佩里兩手環置於胸前，歪著腦袋說：「確實不無可能，不然難以解釋哈爾蒙人突然可以躲過監視系統的問題。不過如果真的是這樣的話，那接下來可有些麻煩了。我們現在等於是被困在地球上，連求救都做不到呢。」

蘇迪的表情變得凝重，佩里的話沒有說錯，如果真的是他們的系統被破壞了，那麼費利南德接下來的行動將變得非常大膽，而他們這邊卻連支援都沒有。

地球這邊的宇宙警力人數雖然不少，但真正司職戰鬥的人員卻不多，尤其是最近安卡還被調回了總部。

「我記得安卡前輩走之前說過她離開不會超過一週，而且總部應該也會主動聯絡我們。如果發現聯絡不上的話，一定會派增援過來查看情況。」見蘇迪不說話，佩里補充說明。

蘇迪放棄了通訊系統，轉身問：「星雲碎片上有什麼發現嗎？」

提到星雲碎片，佩里露出得意的表情，咧開嘴角說：「有喔，這個碎片是很難得的限制器和增幅器的結合體，加以改造之後可以裝到能量環上，不但可以提高能量釋放值上限，還能壓制敵對方的力量呢。」

「如果你來改造的話需要多久？」蘇迪單刀直入，這個問題卻讓佩里露出了驚訝的表情。

星雲碎片可以說是最珍貴的星際寶物，因此無論哪個組織都十分珍視。由於每一塊幸運碎片的功效都不同，而且一旦改造就不可還原，所以怎樣運用星雲碎片是個值得慎重考慮的問題。

蘇迪不是那種會提無意義問題的人，他既然問了，就說明他在思考這件事。

但問題是，他們現在無法和總部取得聯絡，而如何處理這塊星雲碎片，本來應該是總部決定的。

思索了片刻後，佩里試探性地問：「洛倫佐前輩你的意思是……私自改造嗎？」

蘇迪爽快地點了點頭，淡淡回答：「如果系統是費利南德破壞的，那麼他絕對會好好利用我們被孤立的這段時間。而現在的我們，戰力嚴重不足。」

佩里當然也知道問題的嚴重性，但私自改造星雲碎片這種事，如果真的被總部追究起來的話是很麻煩的。

「如果總部追究的話，責任我來承擔。」彷彿看穿了佩里的想法，蘇迪面無表情地補充道。

銀髮少年單手托著下巴想了好一會兒，突然一掃猶豫，爽快地笑了起來。「那麼，我明白了，我立刻就開始動手改造，二十四小時內應該就可以完成。」

蘇迪點了點頭，看了他一會，轉身走了。

可就在他走到傳送門前，佩里的聲音從後面追了過來。「洛倫佐前輩。」

蘇迪停下了腳步，但並沒有回頭，隨後，他聽到佩里說：「斯科皮斯星的事，對不起。」

少年的聲音帶著一絲悔意，蘇迪聽到這句話，卻無法產生釋然的感覺。

安卡一直認為，只要佩里願意道歉，他就會原諒佩里。可安卡不知道的是，他在斯科皮斯星上失去的東西，根本不是一句道歉可以挽回的。

蘇迪回頭看了佩里一眼，少年咬著唇，臉上是平時絕對不會流露出的緊張。這傢伙，無論什麼時候都可以笑得很狡黠，彷彿整個宇宙都沒有他害怕的東西。

可此刻，他看著蘇迪，眼中卻閃爍著擔憂，那是害怕無法得到原諒的焦慮。

但最終，面無表情的男人沒有給他任何回應，就像之前每次提到斯科皮斯星一樣，男人的目光很冷，冷得讓人打從心底感到一股寒意。

佩里眼底生出一絲絕望，他知道，他不可能被原諒了。

蘇迪看著他的情緒變化，轉過身，一言不發地跨過了傳送門。

回到葉雨宸家的花園，傳送門消失後，他無力地靠在了樹幹上。

斯科皮斯星金色的草原彷彿又出現在眼前，還有那些常年在草原上奔跑嬉戲的孩子們。可畫面一轉，巨大的蘑菇雲在草原上騰起，刺眼的火光在瞬間就吞噬了一切。

拳頭不由自主地握了起來，蘇迪咬緊牙關，深邃的雙眸中浮起一抹憎恨。

就在這時，一道詫異的聲音突然從附近響了起來：「咦？你怎麼在這裡？靠，不會吧！」

ALIEN INVASION ALERT! 外星警部入侵注意

>>>CHAPTER.6

蘇迪還沒反應過來，葉雨宸的帥臉已經出現在視野中，大明星來勢洶洶，幾步走到他面前，四下尋找起什麼。

「找什麼？」蘇迪莫名其妙，忍不住問了一句。

「女人呢？」葉雨宸抬頭，直接瞪了他一眼。

蘇迪一臉茫然，腦袋上冒出個問號，完全不知道他在指什麼。顯然，經過和佩里的談話，他已經把自己出門時所找的藉口忘到九霄雲外了。

葉雨宸卻沒忘，指著他就責備起來：「我說，你再怎麼饑渴也不能在我家的花園裡就亂搞吧？你女朋友居然也答應？我這邊可是經常有狗仔隊出沒的，萬一被拍到照片怎麼辦！」

話說到這裡，蘇迪總算反應過來了，數滴冷汗頓時從額頭滑落。冷靜如他，也差點要被葉雨宸的想像力弄崩潰了。

「還有啊，被發現了就讓女朋友躲起來這種事不太厚道啊。應該帶她進去嘛，好歹可以洗個澡什麼的，你不會讓人家就那樣回去了吧？」找了半天沒找到人影的大明星，繼續努力「猜測」著。

蘇迪無語，翻了翻眼皮轉身就走，走了兩步又回頭，面無表情地問：「我好像聽說你鼻子很靈？你忘記帶鼻子出門了？」

不是都說這傢伙的嗅覺可以和狗一拚嗎？亂搞？亂搞他聞不到味道嗎？還在這裡找人？還是說地球上的狗嗅覺本來就比較差？

葉雨宸一開始來沒反應過來，不明白他怎麼突然就扯到鼻子去了。可仔細嗅了嗅後，他就發現空氣中除了蘇迪身上淡淡的香水味，沒有其他任何異常氣味。

大明星的臉頓時有點紅，也意識到自己完全誤會了。他跟著蘇迪往家門走，撇了撇嘴問：「還不是你自己說要去見女朋友的，怎麼，被放鴿子了嗎？」

蘇迪沒回答，甩了個白眼過來，頓時讓葉雨宸哈哈笑了起來。雖然他是搞了個大烏龍，可是能看到蘇迪這樣的表情，還是覺得超值得，嘿嘿。

「你出來幹什麼的？」走到家門口，蘇迪才想起來身後那傢伙好像突然出現之後什麼事也沒做就跟著自己回來了，這到底是在搞什麼？

葉雨宸拍了拍腦袋，一副恍然大悟的樣子。「對喔，我怎麼跟你回來了，我是去幫花澆水的！」

澆水？蘇迪以為自己聽錯了，可看葉雨宸真的轉身又朝花園的方向走去，他還是忍不住問了一句：「你都是在半夜幫花澆水？」

大明星回過頭，咧嘴一笑，月色下，絕對是回眸一笑百媚生。「我想到就去澆水，才不管什麼時候呢。」

蘇迪感覺自己冷峻的表情都快崩了。誰來告訴他，地球人都是這麼脫線的嗎？這個傢伙不是超人氣偶像嗎？難道他是靠賣萌出道的嗎！

「嗯？你跟來幹嘛？」發現助理沒有進門而是轉身跟了上來，葉雨宸納悶地問。

為了保護某人不得不跟過來的保鏢面無表情地回答：「賞、花。」

「葉雨宸，起床。葉雨宸，起床。葉雨宸，起床……」

清早，機器人鬧鐘盡忠職守地大喊，但叫了很久都沒有被按停。在樓下做早餐的蘇迪在忍耐了整整五分鐘後，忍無可忍地上了樓，打算當一次人肉鬧鐘。

推開虛掩的房門，卻發現床上只有翻開的被子，整個房間空蕩蕩的，根本就沒有人。

蘇迪眉心微蹙，這傢伙起床了？什麼時候的事？不在房間裡，該不會是已經出門了吧？

剛想完，房間裡的浴室門被人從內部打開，大明星一臉清爽地出現，看到他和機器人鬧鐘後揚起眉梢有些興奮地說：「鬧鐘已經響過了嗎？我發現浴室的隔音效果很好耶，完全沒有聽到！」

蘇迪用看白痴一樣的眼神看著他，完全不明白他在興奮什麼。對視片刻，他轉身往外走，邊走邊說：「吃早飯了。」

葉雨宸笑了笑，跟著下樓，看著和昨天完全沒有重複的早餐，又忍不住發出了一陣讚歎。

吃過早飯，兩人一起去公司。媒體知道今天的主角是葉雨宸，自然蜂擁而至。儘管星光還沒有公布新聞發布會的主題，但大明星的名字自帶光環，根本不需要其他噱頭。

新聞發布會有條不紊地進行著，蘇迪站在後臺，看著臺上光彩照人的葉雨宸從容不迫地應付著媒體的發問，忍不住懷疑這傢伙是不是有雙重人格。

看那些媒體記者裡有些人看著他也是兩眼發光，就知道這裡面也有大批葉雨宸的粉絲，如果這些人知道他們的偶像在私下裡是個喜歡 cosplay 超級瑪利歐的脫線天然呆，不知道會不會有幻滅的感覺。

正想著，身後有人走近，警覺的雷達立刻發動，蘇迪瞬間轉過了頭。

「嗨，前輩，是我，不用緊張。」熟悉的狡黠嗓音響起，一同出現的還有滿面笑容的佩里。現在他穿了一身休閒服，頭髮也染成了黑色，看起來就是個普普通通的地球少年了。

蘇迪臉上浮起意外，挑眉用眼神詢問他為什麼會出現在這裡。

「反正監視系統失效了，我在那邊守著也沒意義，乾脆就到你們這邊來。那個大明星這樣看起來很帥嘛，和那天昏過去的樣子完全不一樣呢。」佩里說著，低聲偷笑了起來。

對他來說要出現在地球人的圈子裡是件很容易的事，就像現在，明明是個無關人員，卻輕而易舉地進入了星光的後臺，這一路過來甚至連個上前詢問的人都沒有。

他是宇宙警部專聘的研究人員，身邊亂七八糟的科技品最多了，隨便弄個「熟人胸針」戴在身上，就能讓每個看到他的地球人自動產生這是個熟人完全沒有危險的錯覺。

蘇迪面無表情地看著他，冷冷地問：「星雲碎片的改造呢？」

雖然這個人會出現在這裡就已經是某種暗示，不過蘇迪還是不敢相信。

原本佩里說二十四小時內就可以改造完畢，但從昨晚到現在才過了十二個小時，效率提高了一半？就算這傢伙是公認的天才，也不可能吧？

沒想到才剛想完，那邊佩里已經從口袋裡拿出了一個拇指指甲蓋大小的水晶嵌片，得意洋洋地說：「當然完成了，天才可不是白叫的。」

說完，他把水晶嵌片直接遞到蘇迪眼前，像隻小狐狸般眯起眼睛，誘惑對方：「前輩，要不要現在就裝上試試呀？這個擴容器能多釋放百分之二十的能量噢，簡直就是 BUG 般的存在啊。」

蘇迪暗瞪他一眼，趁沒人注意到這裡，果斷伸出右手啟動能量環。

銀藍色的光線在狹窄的環身上頭流竄，接著環身開始增長變形，不過眨眼間，原本單調的圓環就變成了一個形狀怪異的金屬手鐲，手鐲上閃動著能量源，到處都有插槽，不少插槽裡已經插入了嵌片。

「嘖嘖，不管什麼時候看，洛倫佐前輩你的能量環都很厲害啊。」佩里兩眼發光，讚歎地說了一句，這才把手裡的水晶嵌片插進最上方的一個插槽中。

紫色的水晶插入後，能量環幾乎立刻就開始發光，蘇迪能夠明顯感覺到能量的湧動，原本因為來到地球後被限制的一部分力量正在重新凝聚。

蘇迪的瞳孔開始溢出銀藍色的光，他連忙抬手按住能量環，抑制力量繼續湧出。不久後，金屬環恢復了原狀，從表面來看根本就沒有任何變化。

這就是星雲碎片的力量，小小的一塊，就可以導致巨大的變革，甚至能改變宇宙間的規律。

「不錯不錯，完美融合，這樣就不用擔心費利南德再搞什麼鬼了。」佩里很興奮。雖然每一個研究成果都是他的心血，成功了他都會很高興，但這次畢竟是私下改造，沒有得到總部任何技術支援，成就感就是不一樣。

蘇迪點了點頭，正想說什麼，身邊突然響起詫異的詢問，「咦？這是誰啊？

公司新招的藝人嗎？」

佩里渾身一僵，和蘇迪一起轉頭，就看到不知道什麼時候結束了新聞發布會的葉雨宸已經走到他們身邊，正滿臉疑惑地看著他。

天才少年瞪圓了眼睛，下意識低頭朝自己胸前看了一下，確定熟人胸針還在，頓時更驚訝了。

怎麼可能呢？按理只要有這個胸針在，地球人看到他都不會產生疑問呀。胸針會自動發出一種暗示性的腦波，讓他們在看到他的同時就接受他是熟人這個設定。這個葉雨宸是怎麼回事？為什麼他沒有接受暗示？

佩里冷汗都流下來了，完蛋了，這個胸針不會突然壞掉了吧？難道是剛才洛倫佐前輩釋放出的能量對它產生了影響？那等下不是所有人都會發現他這個不該出現的人？這可如何是好！

剛想完，陳樂滿面笑容地從他們身邊走過，拍了拍葉雨宸的肩膀說了句辛苦了，然後又和蘇迪確認了葉雨宸進陸韓劇組的時間，還朝他笑了笑，接著就走了。

佩里眨了眨眼，腦袋上冒出無數問號。看來胸針沒壞嘛，那為什麼獨獨對這個葉雨宸無效？沒聽說過有這樣的先例啊。

這個想法剛冒出來，那邊大明星突然把腦袋湊到他面前，和他大眼瞪小眼地問：「等一下，我說，我們是不是在哪裡見過？」

佩里滿頭黑線，視線不自覺地朝蘇迪瞄去。喂喂，洛倫佐前輩，你的催眠術是失效了嗎？他該不會是想起昨天的事了吧？

如果真的是這樣那就糟糕了啊，地球上有外星人的事被發現的話，他們這些當值的警部可是首當其衝要被問責的呀。

「這是我堂弟，有事來找我的，他之前參加過雲起樂團的選拔。」蘇迪面無表情地回答，說起謊來臉不紅氣不喘。

雲起是星光旗下非常有名的樂團，前陣子因為吉他手單飛，為了尋找合適的替補人選舉辦過選拔。葉雨宸是當時的評審之一，所以只要是參加過選拔的人，他都可能有印象。

佩里反應也很快，一聽蘇迪這樣說，立刻換上見到偶像的興奮表情，兩手合十朝葉雨宸賣萌。「雨宸哥，我是你的忠實粉絲，能幫我簽個名嗎？」

「好啊。」大明星答得爽快，畢竟這種事他做慣了。

可佩里接著就發現自己幹了件蠢事，簽名？他一沒簽名板二沒簽字筆三也拿不出一件和葉雨宸有關的周邊，簽什麼名？有這麼不專業的「忠實粉絲」嗎？

少年兩手摸著口袋，尷尬地扯了扯嘴角，用求救的眼神看向「堂哥」。

蘇迪在葉雨宸看不到的地方翻了個白眼，涼涼接話：「你的包包不是在辦公室嗎，雨宸等會還有事，下次再簽名吧，反正過兩天新專輯就出了。」

「對噢，看我，一下太激動都忘記了。雨宸哥，我一定會支持你的新專輯！」佩里兩眼發光，順口接話，完全不介意他這種轉變有多生硬。

葉雨宸疑惑地皺了皺眉，顯然也覺得這兩兄弟不太自然，但既然人家都這麼說了，他也不好太計較不是嗎？

於是，大明星和他的助理又說了幾句話後就先走了。

佩里一直在旁邊陪著笑，看左右經過他們的人都沒有對他的存在表示疑慮，越來越不明白葉雨宸是怎麼回事。

聯想到之前蘇迪說聽葉雨宸唱歌時受到外星電波干擾，再加上星雲碎片的事，他頓時覺得大明星身上可能有著某個巨大的謎團。

「對了，你叫什麼名字？」臨走前，葉雨宸看著佩里，笑著問了一句。

佩里正在思考謎團的事，突然被問話，茫然地眨了眨眼，顯然，他完全就沒想到大明星會來關心助理的「堂弟」叫什麼名字。

關鍵時刻，又是蘇迪淡定地接話：「他叫蘇佩。」

「蘇佩嗎？好的我記住了。」葉雨宸說著，摸了摸佩里的頭，露出燦爛的笑容說：「今年我們還要成立一支新樂團，歡迎你再來參加選拔。」

明明應該只是一句對朋友弟弟的客套話，可佩里卻真實的感覺到一股暖意。那幾乎是來地球後最讓人感動的一個瞬間，他怔怔地看著眼前的大帥哥，連話都答不上來。

葉雨宸露出雪白的牙齒，笑得讓人目眩神迷，隨後朝蘇迪揮了揮手，轉身先走了。

他剛走，佩里就激動地拉住蘇迪的手臂，瞪大眼睛說：「洛倫佐前輩，你會保護好他的吧！」

蘇迪翻了翻白眼，直接把自己的手臂抽回來，沒好氣地問：「你想幹嘛？」

「我覺得他真的是個很好的人耶，我不希望他被費利南德傷害。」佩里說著，微微皺起了眉。

雖然因為被摸了摸頭就對一個地球人產生保護欲聽起來是件很蠢的事，但他現在確實是這樣想的。

蘇迪沒回答，慢慢恢復成面無表情的樣子，但直視著前方的目光卻很堅定，彷彿不會被任何事物動搖。

「蘇迪。」身後這時傳來一道熟悉的嗓音，蘇迪轉身，看到齊宏宇手裡拿著一臺 CD 隨身聽笑著走了過來。

「身體沒事了吧？新專輯錄製好了，要聽聽看嗎？和錄音室的稍微有點區別，不過這次效果真的超讚喔。」

齊宏宇的臉上帶著幾分得意，顯然對這次的 CD 非常滿意。不過這也是當然的，公司旗下藝人的專輯賣得好，他這個音樂總監也跟著名利雙收嘛。

蘇迪想到上次聽到的音波，點了點頭，從齊宏宇那邊接過耳機，自己戴了一個，又分了一個給身邊的少年。

佩里機靈，知道他是要自己來聽聽看有沒有音波，於是順勢把耳機塞進了耳朵裡。

有熟人胸針在，齊宏宇看著這一幕完全沒產生什麼疑惑，滿面笑容地開始播放CD。

悠揚動聽的前奏之後，葉雨宸溫柔深情的歌聲響起，和錄音室的現場相比，處理過的音色更圓潤也更具有穿透力，讓人不知不覺就隨著他沉入了音樂的世界裡。

但是，直到一整首歌放完，蘇迪和佩里都沒有聽到什麼奇怪的音波，這張CD很正常，完全沒有任何異常。

「怎麼樣？怎麼樣？」齊宏宇一臉期待，連聲發問。

蘇迪和佩里對視一眼，不約而同地豎起了大拇指，齊宏宇見狀，擺出一個勝利的手勢，接著就喜氣洋洋地朝電梯間走去，看樣子是要去總經理辦公室交差了。

佩里轉頭看向他的前輩，眨了眨眼睛問：「洛倫佐前輩，好像沒有什麼特殊的音波呀。」

蘇迪點了點頭，和他一起轉身往外走，心裡也十分困惑。上次在錄音室的時候他確實聽到了音波，而且當時還引起了劇烈頭痛的反應，看來這件事一時半刻也搞不清楚，還是先去找雨宸吧。

兩人出了星光影視的大樓，蘇迪拿出手機，在上面按了兩下，螢幕上跳出了一幅 GPS 定位地圖，一個紅點正在圖上移動著。

佩里伸長了脖子朝地圖看了眼，笑著問：「這是朝郊區的方向去了嘛，前輩打算怎麼過去？」

蘇迪轉頭看他，挑眉問：「你怎麼過來的？」

「呃……」佩里張了張嘴，腦筋飛轉，可還沒想出什麼藉口，前輩已經朝他伸出手，涼涼開口：「別想了，我知道你不是走傳送門過來的，鑰匙拿來。」

少年瞪了瞪眼睛，沮喪地垂下了腦袋。

唉，早知道就不要問那個問題嘛，簡直就是搬石頭砸自己的腳啊。地球人的這個比喻還真是形象呢，嗚嗚嗚……

不情不願地從口袋裡掏出一把鑰匙，佩里哀怨地看著蘇迪。只可惜這副楚楚可憐的樣子完全博不到冷血前輩的同情，蘇迪俐落地拿過鑰匙，看了看後就朝不遠處的停車場走去。

「嘀嘀」，一輛外觀極為普通的黑色小汽車在蘇迪按下鑰匙上的啟動鍵後發出了短促的響聲，蘇迪看著那輛車，嘴角微微勾起，露出了滿意的笑容。

「Alex007，你竟然把她弄來了。」他走到車邊，指尖輕輕掃過引擎蓋，語氣和表情都充滿了感慨。

看著這輛車，他就會回憶起以前在斯科皮斯星的事，這是他的戰友，和他共享過最美好的一段歲月。

佩里撇了撇嘴，表情有些彆扭，打開車門上車，低聲回了句：「早就弄來了，只是你不知道而已。」

蘇迪聞言怔了怔，沒有回答，坐上駕駛座，剛要插入車鑰匙，汽車引擎居然自動啟動了，接著，一道悅耳清脆的女聲在車內響起。「洛倫佐中校，真沒想到還能再見到您。這些年來，您好嗎？」

拿著車鑰匙的手懸在了半空中，蘇迪的眼眸突然睜大，整個人像是被定住了一樣動彈不得。他震驚地看著車內的儀表指示燈自動亮起，很長的一段時間裡都做不出任何反應。

佩里在副駕駛座看著他，偷偷地笑了起來。

「洛倫佐中校，佩里少校，你們能聽到我說話嗎？」見無人應答，女聲又問了一句，語氣帶著猶豫。

佩里連忙笑著回答：「我們聽得到，Alex，洛倫佐前輩只是太驚訝了說不出話來而已。真可惜今天沒有帶相機，不然我真想把他現在的樣子拍下來傳回總部。」

「佩里少校，這麼頑皮可不好。」Alex 一本正經地說著，停頓了一會，又試探性地問：「洛倫佐中校，您回過神了嗎？」

蘇迪總算有了反應，懸著的手摸上車身，怔怔回答：「我簡直不敢相信自己的眼睛和耳朵，Alex，真的是妳嗎？」

「千真萬確，中校。」Alex 的聲音變得俏皮起來，語氣中帶著輕快的笑意。

蘇迪轉頭看向佩里，眼神變得很複雜。他皺著眉似乎想說什麼，但嘴唇開合了幾次，最終卻沒能說出來。

眼前的一切都讓他不可置信，曾經已經死去的戰友現在又活生生地出現在眼前，這是他從來不曾想過的事。

佩里看著他，臉上的笑意褪去了一些，取而代之的是一份無奈和感慨。

「前輩，這是我唯一能做的補救了。抱歉，我不能讓娜塔西亞復活，只能試著挽救Alex。好在，雖然當時車身損毀很嚴重，但她的中樞晶片完整地保留了下來。」

「洛倫佐中校，娜塔西亞少校的事我很遺憾，少校有一句話要我帶給您。」

Alex在這時低聲開了口，她是斯科皮斯星球尖端科技的產物——智慧型汽車機器人，不僅擁有超越人類的智力，同時也擁有自己的感情。

面對曾經共同生活及肩並肩戰鬥過的主人，她能感受到他壓抑在面無表情之下的淡淡哀傷。她也知道，如果他們無法挽回過去，那麼最重要的，是一起昂首走向未來。

「少校說，宇宙那麼大，她只是去了一顆遙遠的星球。在那裡，她依然過得很好。」

Alex 的話讓蘇迪微微睜大了眼睛，沉默了幾秒鐘後，他抬手抹了抹臉，面無表情地開口：「定位普路托訊號。」

「是，中校。」Alex 回答後，沒過多久，儀表板旁邊就彈出了立體投影，內容和之前蘇迪手機上的 GPS 定位一樣。只不過，小紅點已經不再前進，而是停在某處不斷閃爍。

「他已經到目的地了，Alex，我們快出發吧。」佩里開心地下了指示，接著兩手背在腦後，大大方方地靠在了椅背上。

之前 Alex 的車身損毀很嚴重，這次修復的時候他特地更新了座椅材質，果然比以前的舒服多了，嘿嘿。

汽車很快地離開停車場駛上馬路，這時如果有人在近處觀察的話就會發現，坐在駕駛座上的蘇迪根本就沒有控制方向盤和排擋，甚至沒有踩油門或離合器，汽車完全是在自動駕駛。

「Alex，針對普路托訊號半徑一公里範圍內探測星際電波。」駛上高速公路後，蘇迪下了第二道指令，Alex 迅速應聲後開始檢測。

一路上並沒有發現異常，半個多小時後，Alex 在郊區一棟華麗精緻的別墅外停了下來。隨即，方向盤的中央彈出一個小盒子，裡面躺著一枚內置式耳塞，悅耳的女聲跟著響起：「洛倫佐中校，目標就在裡面，請攜帶好耳機，如果探測到星際電波我會立刻通知您。」

蘇迪取出耳機直接塞進耳朵，下車前下令道：「Alex，進入隱形模式原地待命，隨時做好支援準備。」

「是，中校，請務必小心。」

佩里調整了一下座椅靠背，半躺下去，朝蘇迪揮揮手後狡黠地笑了笑。「那麼前輩，我就在這裡等你了，如果有危險請不要大意地立刻求救喔。」

看出這小子一副唯恐天下不亂的樣子，蘇迪冷冷掃了他一眼，沒接話，直接扯下他的胸針戴在自己身上，轉身下了車。

在他關上車門後，Alex 開始在陽光下變色，不到幾秒，色彩就和附近的景物徹底融合，消失不見了。

蘇迪站在別墅門口觀察四周，附近沒有人，停車場也暫時只有零星停了幾輛車。雕花鐵門旁掛著金屬匾額，上面寫著靜水兩個字，看不出這是什麼地方。

鐵門後是警衛室，不同於一般警衛閒散的樣子，這裡的警衛非常敬業，不但筆直地站在門口，腰間還配備警棍。而且個個人高馬大，表情嚴肅，看得出來，這裡不是一般人可以輕易進入的地方。

不過這難不倒蘇迪，他邁開腳步走到門口，只用眼睛和四名警衛對視了一下，就順利地進入了鐵門。

別墅很大，除了正中央的通道之外，兩邊都種滿了綠化植物，空氣非常清新。順著通道走進去，別墅的前方有一座噴泉，左側是戶外活動區，有一些簡單的器械，右側則是花園，裡面有長椅可以休息。

蘇迪朝花園走了過去，路上遇到一個正從別墅走出來的年輕人，年輕人戴著金絲邊框的眼鏡，長相很斯文，穿著白袍的樣子有點像醫生。

蘇迪在年輕人和他四目相對時停下腳步，他的眼中閃過一道銀光。那名年輕人的表情變得有些茫然，看了他一會後，掉頭又回到別墅去了，而蘇迪則從頭到腳變成了年輕人的模樣。

外星警部入侵注意

花園占地面積很大，一大片花海盛開得正豔。不遠處，葉雨宸推著一張輪椅，輪椅上坐著一位年過半百的婦人。那婦人邊看花邊笑，面容很慈祥，眉眼間和葉雨宸有幾分相像。

看清婦人長相的時候，蘇迪已經隱約猜到了她的身份，他不動聲色，悄悄走了過去。

沒想到的是，就在雙方距離相差不到五公尺時，葉雨宸突然回頭，嘴裡叫出了「蘇迪」這兩個字。

蘇迪下意識地停下了腳步，臉上露出明顯的驚訝，他低頭看了看，確認自己現在穿的確實是白袍，變裝沒有破綻之後，這才重新抬起頭。

葉雨宸看著他，也露出訝異的表情，尷尬地笑了笑後說：「是周醫生啊，抱歉，認錯人了。」

蘇迪不知道怎麼回答這個問題，更不知道眼前這人剛才怎麼會叫出自己的名字。可千萬別和他說什麼心靈感應之類的話，那種東西就算存在，也不可能出現在外星人和地球人之間。

大明星卻抓了抓腦袋，主動解釋道：「我剛才聞到你身上的香水味，還以為是我的一個朋友，你們用的是同一種香水。」

又是香水？蘇迪這次沒有皺眉，心裡的疑惑卻更深了。

葉雨宸並不是面對自己才提出香水這個問題，現在他看到的是「周醫生」，他也提到了香水，由此可見，他是真的在自己身上聞到了某種味道。

是外星人特有的體味嗎？因為他鼻子特別靈敏，所以只有他能聞到？如果是這樣的話，他之前提過曾經有一個人也會用這種香水，那麼說來，那個人也是外星人？他的身邊很早就有外星人出現過？

思緒在蘇迪腦中迅速跳躍著，但他的臉上並沒有表現出來。葉雨宸在說完那句話後也沒有再看他，而是轉頭看著輪椅上的婦人，笑了笑又開口：「周醫生，你說她是不是這輩子都不會想起我了？她就這樣待在自己的世界裡，再也不走出來了嗎？」

儘管那還是葉雨宸的表情，但在蘇迪看來，那笑容卻是陌生的，那樣帶著淡淡的悲傷，以及一絲壓抑痛苦的微笑，其實比哭泣更讓人心疼。

ALIEN INVASION ALERT! 外星警部入侵注意

>>>CHAPTER.7

蘇迪覺得自己應該說點什麼，儘管他對那位婦人完全不瞭解，但看她的樣子多少能猜到是怎麼回事。更重要的是，這種時候如果他還不表態的話，對那個人來說就太殘忍了。

絕望，那是人類最可怕的情緒，這一點，不管對於外星人還是地球人，都是一樣的。

「不會，只要你堅持下去，她總有一天會好起來的。」

蘇迪聽到自己的聲音響起，不像平時那麼冷漠，甚至隱約含著一絲溫柔，以至於說完後，他自己都皺起了眉。

葉雨宸似乎有點驚訝，盯著他看了兩秒鐘，低聲笑了起來。「周醫生今天和平常不太一樣呢，明明是老生常談的話，今天聽起來竟然讓我又有點期待了。」

蘇迪聞言略微有些汗顏，看著葉雨宸臉上燦爛的笑容，下意識地別開了視線。

這個傢伙，還真是不容易呢，明明有著比任何人都煩惱的事，卻總是能輕鬆地展露笑顏。

相比之下，一直對過去耿耿於懷的自己，是不是其實很脆弱不堪？

輪椅邊，葉雨宸俯下身，對毫無反應的婦人柔聲說：「媽媽，我要出新專輯了，上次的歌妳聽了好像很高興，這次我也會拿過來給妳聽的。還記得小時候嗎？我總是纏著妳要妳唱歌給我聽，不然我就睡不著。媽媽的歌聲真的很好聽，就是不知道什麼時候能再聽到呢。」

說著這些話的葉雨宸也和他平時的樣子不同，收斂了調皮，多了幾分沉穩，同時又有無盡的期待滿含在語氣中，讓聽到的人忍不住為他心疼起來。

蘇迪暗暗深吸了口氣，覺得自己應該離開這個地方。這樣的場面，這樣的葉雨宸，無不讓他想起那些放不下的過去，尤其是在今天，在剛剛從 Alex 那裡得到娜塔西亞的遺言的情況下。

蘇迪把手伸進口袋，按了下手機，一陣鈴聲立刻響了起來。他裝出有電話打來的樣子摸出手機，朝看過來的葉雨宸打了個招呼，轉身離開了花園。

走到別墅門口時他已經恢復了本來的樣貌，而真正的周醫生此刻正在一樓走廊的窗戶邊出神。他走過去，在對方肩膀上輕拍了下，隨後沿著走廊盡頭的樓梯上了樓。

身後，那位年輕的醫生一臉茫然地左右看了看後，快步走出別墅，朝花園的方向去了。

別墅二樓的房間不多，每一扇門上都掛著名牌，名字也都取得很奇怪。蘇迪順著走廊繞了一圈，最後停在了盡頭一間沒有掛名牌的房間門口。

轉頭看了看，走廊上正好沒有人，他握上把手，手腕上的金屬環發出一陣銀光，接著鎖上的門就打開了。

推開門，他走進去，再反手關上，整個過程中沒有發出一點聲響。

這是一間辦公室，除了標準的一套辦公設備外，還有一個上鎖的資料櫃。蘇迪直接走到櫃子前，用同樣的手法開了鎖，櫃子裡面整齊地存放著很多檔案夾，每一個檔案夾上都貼有人名的標籤。

「Alex。」盯著那些檔案夾看了一秒鐘後，蘇迪抬手按住耳塞，呼叫後援。

「是的，洛倫佐中校，有什麼吩咐嗎？」

「幫我查一下，普路托訊號源葉雨宸的母親叫什麼名字。」

「好的，請稍等。」Alex應了話後，隔了幾秒，答案就回過來了，「報告中校，叫穆雲秀。」

穆雲秀嗎？

蘇迪在心裡默念了一遍，迅速在一疊檔案夾裡找出穆雲秀的那份，翻開看了起來。

根據檔案資料顯示，她在四年前被送到這間少有人知的療養院，而那時，葉雨宸還沒有在星光出道。

穆雲秀的身體本身並沒有問題，但她除了失去了記憶之外，還嚴重自閉，如果不用輪椅的話，連讓她走到室外都不可能。從檔案夾裡的記錄來看，來到靜水的這四年間，她沒有說過一次話。

蘇迪看著白紙黑字的記錄，腦中浮現那對母子的樣子，再結合之前發現的疑點，漸漸得出了一個結論。

穆雲秀會變成現在這個樣子，很有可能是接收外星球輻射過量的結果。也就是說，以目前人類的醫學技術，不可能讓她復原。

而外星球輻射來源的最大可能，一個是深度催眠，另一個，則是星雲碎片的輻射。

但無論是哪一種，都說明葉雨宸和他的家人確實和外星人有關係，他的母親極有可能是過去某件星際事件的受害者。

想到這裡，蘇迪垂在身側的手握了起來。他們宇宙警部存在的意義，就是為了保護各星球的平民不受星際暴力事件的傷害，可事實上，這樣的事件每隔一段時間就會發生一次，根本無法杜絕。

無論他們付出多少努力，在那些企圖製造傷害的破壞分子被徹底消滅之前，都不可能真正成為平民的保護傘。

像葉雨宸母親這樣的受害者，在他不知道的地方一定還有很多。

辦公室門外的走廊上這時響起了腳步聲，蘇迪迅速啟動能量環，將穆雲秀的資料掃描之後把資料櫃恢復原樣，接著轉過身，大大方方地等待來人。

門很快被打開，穿著白袍的周醫生走了進來，臉上帶著一絲悵然。

他低著頭，沒有立刻注意到蘇迪，直到關上門抬起頭，才被室內出現的人影嚇了一跳。

蘇迪一閃到了他面前，和他四目相對，眼中閃過一陣銀光，接著開始問話：「是誰送穆雲秀到這裡接受治療的？」

周醫生兩眼發直，吶吶回答：「是一位有錢的先生，但我們並不知道他的身份。」

「葉雨宸知道這件事嗎？」

「不知道，穆女士是院長親自去接回來的，對葉先生那邊的說辭是他和穆女士是好朋友。」

「有沒有那位先生的聯絡方式。」

「沒有，那位先生只負責穆女士的療養費用，平時有事我們都是聯絡葉先生。」

問到這裡，蘇迪知道他無法再從周醫生這裡得到更多有用的資訊，看來這個神祕的捐助者只能通過別的方式去查了。

如果他的直覺沒有錯的話，那個人和穆雲秀失憶的事有關，也和葉雨宸持有星雲碎片的事有關。

思及此，他走到周醫生身後，打開門之後，在那人身上輕拍一下，接著就閃了出去。

周醫生渾身顫了顫，回過神後疑惑地四下張望，又開門看一看空蕩蕩的走廊，皺了皺眉，轉身回辦公室去了。

蘇迪從二樓下來，透過窗戶看到葉雨宸正推著穆雲秀從花園回來，一面對她說著什麼。但是穆雲秀沒有任何反應，只是面帶笑容地看著前方，彷彿那裡有什麼特別吸引她的東西，連視線都無法移開一樣。

蘇迪躲在樓梯後面，直到他們走進一個房間，這才慢慢走過去。

那是一間布置得很雅致的臥室，葉雨宸把穆雲秀抱到窗邊的沙發上後開始削蘋果，而她就笑吟吟地看著窗外，像個沒有任何心事的小孩子，完全沉浸在自己的世界裡。

蘇迪不自覺地走近了一步，但讓他意外的是，這一步剛邁出去，葉雨宸居然轉頭朝他這個方向看了過來。

他只能一個閃身避開，緊接著，耳機裡響起了 Alex 的警報：「洛倫佐中校，發現哈爾蒙人，數量非常多！」

蘇迪毫不猶豫地從一樓走廊的窗戶跳了出去，過程中已經摸出小飛碟，往地上一扔，透明的結界立刻張開，包圍了整棟靜水療養院。

而就在他跳出窗戶的瞬間，葉雨宸出現在房間門口，疑惑地左右張望，用力吸了吸鼻子。

「奇怪啊，怎麼又聞到那股香味了？說起來周醫生也很奇怪，接了個電話回來就沒有香水味了……」

「前輩！」

蘇迪衝出結界的瞬間，佩里的喚聲響起，只見他腳下的地面浮起一圈金光，面積約等於一個半徑五十公尺的圓，蘇迪見狀，腳下用力一蹬，在金光消失的剎那跳進了圓裡。

淨水療養院外，一切都發生在眨眼之間，由於小飛碟結界的保護，鐵門邊的警衛甚至不曾注意到外面出現過一個金色的巨大光圈。而伴隨著光圈的消失，蘇迪、佩里、Alex，以及那些剛剛憑空出現的哈爾蒙人全都不見了。

但在蘇迪他們的視野裡，環境並沒有發生變化，他們依然在療養院的門口，唯一不同的是，原本站在鐵門邊的警衛不見了。

哈爾蒙人似乎很驚訝這個現象，他們左右看了看，發出竊竊的低語聲。

佩里拍了拍手臂上套著的一個金色圓環，露出狡黠的笑容說：「居然來了這麼多人，還好我把空間複製儀帶出來了。」

蘇迪瞥了他一眼，難得沒有露出什麼鄙夷的神情。雖然這小子的個性實在有些欠扁，但不得不承認，他在科學方面確實是個天才。

就拿這個空間複製儀來說，全宇宙都找不出第二個這麼實用的發明。

所謂的空間複製儀，顧名思義，它的功能就是可以對一定範圍內的空間進行複製。也就是說它可以直接製造出一個平行空間，這樣不但避開了對平民的威脅，連事後修復地表的工作都省下來了。

更重要的是，把侵略者拉入平行空間後，平民看不到他們，這樣一來，連催眠工作都不用了。

當初這個發明一問世，轟動了整個宇宙警部部門。佩里也就是靠這個發明一夜成名，成為眾所周知的天才少年。

「佩里少校，我覺得現在不是得意的時候。」Alex的語氣帶著一絲擔憂，她已經變成人形，不再是那輛黑色的轎車了，兩隻手還各舉著一把槍，看起來威風凜凜。

但即便如此，也改變不了局勢緊張的事實。

因為他們的對手同樣不容小噓，近二十個哈爾蒙人聚在一起，每人手裡都舉著武器。不同於上次出場時的金屬棍，這次他們使用的是脈衝手槍，而且最後一排還有三個人抬著一臺威武的脈衝炮。

空間複製儀確實為宇宙警部的工作帶來了諸多便利，但它也有一個非常致命的缺點，那就是沒有辦法脫離。除非把敵人全部打倒，否則一旦解除平行空間，之前所有釋放過的能量都將在現實空間裡爆炸。

「他們一定開了蟲洞，佩里，你太疏忽了。」蘇迪面無表情，能量環已經啟動，銀藍色的槍穩穩舉在手裡，流竄著耀眼的光芒。

他原本並沒有把費利南德放在眼裡，但現在事態的發展顯然超出了他的掌控。

如果哈爾蒙人真的開了蟲洞，誰知道他們下一次會拿著什麼東西過來？換個角度來說，如果讓費利南德在地球開了先例，以後不就誰都可以這樣搗亂了嗎？

佩里咬了咬唇，顯然也意識到了問題的癥結。十幾個帶著脈衝手槍加三個帶著一臺脈衝炮的哈爾蒙人他們還可以勉強對付，如果是三十個帶著脈衝炮的哈爾蒙人呢？

不解決蟲洞的問題，就等著被轟成渣吧，連葉雨宸一起。

思考的這片刻，哈爾蒙人已經開始射擊。經過前兩次的偷襲，他們已經徹底見識過蘇迪的近戰能力，走近這個人是找死，所有人的腦中都留下了這個印象。

脈衝彈如天女散花般朝三人射來，蘇迪和 Alex 舉槍反擊，佩里則抬起右手，隨著能量環的啟動，一張大到誇張的透明盾牌出現在三人身前，擋下了全部的子彈。

而且這張盾牌的神奇之處在於，外面的子彈射不透它，內部射出去的子彈卻可以毫無阻礙地穿過去。

事實證明，和神槍洛倫佐比近戰是找死，和他比遠程，一樣是找死。

面無表情的男人眼中射出冰冷的寒光，四平八穩舉著槍的右手迅速移動，幾乎是一槍解決一個。再加上有著精密計算能力的 Alex，這場戰鬥看起來根本就毫無懸念。

最後排的三個哈爾蒙人抬起了脈衝炮，儘管蘇迪和 Alex 密集地壓上子彈，仍未能阻止他們發射炮彈。

炮口蓄起的能量發出驚人的白光，電流狂亂流竄，發出「嗞嗞」的巨響。

「中校，這股能量不尋常，幾乎超出臨界值，我們防禦不了！」

Alex 張開了一張防禦網，但能量值的對比讓她立刻意識到這超出了她的防禦能力。不僅是她，佩里的防禦盾也抵擋不了！

伴著這句話，白光猛然射出，挾著巨大的颶風衝向三人。蘇迪往後退了一步，能量環發出驚人的光芒，卻在那瞬間，佩里抬手做出了阻止的動作。

下一瞬，少年身上的偽裝消失，銀色的短髮觸電般豎起，電流般的金光流竄全身。只見他重新抬起右手，這一次，手腕上的能量環發出劇烈的光芒，隨即迅速變形，化成一隻金屬手套包住了他的手掌。

炮火已打到眼前，佩里臉上卻出現了興奮的表情，嘴角的弧度比平時彎得更高，雙眼更是閃現狩獵的亢奮光芒。

少年單薄的手臂在炮火襯托之下纖細得幾乎會被燒盡，但事實上，看似能摧毀一切的脈衝炮打在他的手套上，竟然被硬生生擋住，繼而往前推。兩秒的僵持後，炮彈居然被他推得反彈了回去。

哈爾蒙人目瞪口呆地看著這一切，甚至來不及做出任何反應，就湮滅在劇烈的白光中。

「佩里少校，您到底是怎麼做到的。」

如果機器人也有表情的話，Alex 相信自己現在一定瞪圓了眼睛，而且驚訝到合不攏嘴。

連她也無法防禦的臨界能量值，佩里少校居然如此輕鬆地就擋住了，這股力量，簡直就像是釋放了百分之百的能量環。但是他們都很清楚，在地球上，這是絕對不可能做到的。

佩里收回手，捏了捏拳又放開，關閉能量環後得意地說：「其實，之前幫洛倫佐前輩做了擴容器後星雲碎片還有殘留，我就給自己也做了一個，嘿嘿。再加上研究室一些額外的道具，要應付這種突然狀況對我來說簡直就是小 case 啦！」

說完，他走到一大堆哈爾蒙人的屍體前，用手機把他們全部傳送回辦公室，這才關閉了平行空間。

回到原地，Alex 已經恢復成黑色汽車的樣子，佩里也重新變成地球少年，拍了拍手，拉開車門就坐了進去。

蘇迪輕瞥了他一眼，沒說什麼，心裡卻清楚，雖然佩里有很多可以在瞬間提高能量釋放的道具，但剛才那種程度的力量爆發絕對不是一件容易的事。那小子表現得再輕鬆，恐怕也改變不了他已經累癱了的事實。

「Alex，你先送佩里回去。」打開車門，蘇迪探進半個腦袋，摸著方向盤說了一句。

佩里原本已經快睡著，聽到這句話渾身一震，直起身說：「我沒事啊，我還是在這裡等你吧。」

蘇迪面無表情地看向他，冷冷回答：「找出蟲洞封印它才是你現在最緊急的任務。」

佩里聽到這句話，吐了吐舌做了個鬼臉，乖乖聽話，不再發表任何反對意見。

Alex的聲音響起：「那麼，洛倫佐中校，我把佩里少校送回去後再來接您。」

「嗯。」

在蘇迪關上門後，Alex立刻啟動，只不過在出發之前，一道逼真的彩色立體投影出現在駕駛座上，從車外看的話，就像是坐了一個面無表情的司機。

黑色小汽車很快揚長而去，蘇迪則在收回小飛碟後，在附近找了一棵大樹，一躍跳上樹幹，直接盤腿坐了下來。

葉雨宸在靜水療養院待了一整天，蘇迪則在外面等了一整天。

Alex在把佩里送回辦公室後就回來了，還貼心地幫蘇迪帶了午餐。整個下午，他們緬懷了在斯科皮斯星上的過去，時間在那些有歡笑有痛苦的回憶中流逝得不知不覺。

快五點的時候，蘇迪的手機響了起來，看到是佩里的來電，他立刻接起電話。

「洛倫佐前輩，找到蟲洞了，半徑已經擴大到三公尺，再放任下去真的要出大事了！」

明明應該是很要命的事，那小子的語氣聽起來也足夠緊張，然而不知道為什麼，蘇迪卻完全感覺不到他的誠意。

車內沉默了數秒，顯然，蘇迪根本連應話都懶。

佩里察覺到這一點後，乾笑了幾聲，又開口：「那個，我立刻就帶人過去封印蟲洞，不過這需要好幾天的時間，在此期間就沒辦法支援前輩啦。」

「我知道了。」

以地球指揮部此刻留守人員的情況來看，封印蟲洞至少需要五到七天。他要獨自保護葉雨宸五到七天嗎？如果費利南德沒有帶來更誇張的東西的話，倒是沒什麼問題，就是不知道那種脈衝炮過來多少臺了。

掛了電話，蘇迪轉頭朝療養院的方向看去，想看看葉雨宸出來了沒有。

可沒想到，這一轉頭，視線居然直接對上了就貼在他窗玻璃上的人臉，就算他是泰山崩於前而面不改色，現在也嚇了一大跳，差點沒叫出聲來。

沒辦法，雖然葉雨宸長得花容月貌，可這樣整張臉貼上來被壓平之後，依然恐怖得像鬼一樣。

這傢伙什麼時候過來的？Alex 怎麼沒提醒他？還有，Alex 不是開著隱形模式嗎？葉雨宸是怎麼看到他們的？

腦中冒出無數疑惑，蘇迪放下了車窗，故作鎮定地和車外的人四目相對。

葉雨宸兩手抱胸站在他面前，湊近吸了吸鼻子，一臉懷疑地問：「阿樂告訴你地址的嗎？還有，你是不是早就到了？」

原來陳樂知道這個地方嗎？那真是太好了。蘇迪略微安了心，點了點頭回答：「剛到。」

大明星似乎對這個答案並不滿意，上上下下掃了他幾眼，這才繞到副駕駛座上車，隨後問：「這車哪來的？不是公司的吧？」

「我的車，之前送去修了。」蘇迪淡淡回答，手動啟動 Alex，朝回家的方向開去。

葉雨宸沉吟著點了點頭，也沒有多問。

車裡安靜下來，除了耳邊吹過的風聲外，靜謐得連心跳都聽得一清二楚。

直到汽車駛上高速公路，他才又開口：「你不好奇嗎？」

蘇迪目不斜視地開著車，一會兒後回答：「你願意說的話，我當然願意聽。」

換言之，他不會問，因為顧及到他的心情。

不得不說，這種體貼的細節，讓葉雨宸有點小感動。想起一開始的時候偶爾女助理會來接他，都是一臉欲言又止好奇得不得了的樣子。久而久之他就知會陳樂，不要把這邊的事告訴他的助理了。

想必陳樂也是看蘇迪穩重，才會告訴他的吧。

「那是我被星探挖到之前的事了。我爸媽旅遊時遇到嚴重的交通意外，他們搭的客運翻下懸崖，除了我媽之外沒有人生還。可惜，我媽在醫院醒過來之後就失去了記憶，連我都認不出來了。後來在我手足無措的時候，靜水的院長找上門，說他和媽媽是老朋友，可以讓她到這邊調養。

「那時候我沒有收入，還在上大學，想來想去，除了接受院長的好意，也沒有其他路可以走了。後來我當了藝人，家裡經常有狗仔出沒，就覺得還是讓媽媽留在這裡比較好，也不會被打擾。」

葉雨宸淡淡說著往事，聲音裡沒有太多的起伏。

看得出來，經過這四年，他早就接受了這個事實，心裡就算有多難受，也不會再放在臉上了。

蘇迪不知道是不是所有的地球人都能做到這樣，但聽過花園裡的母子對話之後，葉雨宸的堅強，他深有體會。

但更讓他在意的，是意外本身。

客運翻下山崖，只有一個人生還，這本身就是件很神奇的事。而且穆雲秀的檔案顯示，她的身體很健康，沒有任何舊傷隱疾，以一個從重大車禍中倖存下來的人來說，這未免幸運得有點過頭了。

那麼，或許只有一個結論可以解釋這件事。意外發生的時候，穆雲秀被特殊的力量保護了，甚至，她當時根本就不在那輛翻下山崖的客運上。

「那你父親呢？」蘇迪儘量讓自己的語氣保持平靜，不要透露出急於知道答案的樣子。但在心底，某些想法呼之欲出，連他自己都感到不可思議。

「人都沒找到，搜救的人說大概被懸崖下面的河水沖走了。」葉雨宸淡淡回答，轉頭看向窗外。

儘管他沒有表露什麼，但蘇迪看得出來，提到父親讓他很不愉快。那並不是失去父親的痛苦，而是本身對父親的厭惡。

厭惡？什麼樣的父親，能讓葉雨宸這樣溫和開朗的人感到厭惡？

蘇迪突然意識到他之前的猜測可能有些偏離軌道，而此刻，他才開始逐步接近真相，以及事件的核心。

他瞥了一眼扭頭對著窗外的人，淡淡開口：「你好像不喜歡你的父親。」

葉雨宸聞言轉過頭，露出鬱悶的表情，瞪了他一眼後說：「有沒有人說過你這人很不解風情？」

蘇迪微微勾起嘴角，笑容迷人。「只有人說我善解人意。」

「那人的眼睛一定脫窗了！」葉雨宸咬著牙惡狠狠低語一句。

蘇迪聳了聳肩，乘勝追擊。「為什麼不喜歡父親？」

「哼，我為什麼要告訴你！」大明星鬧彆扭了，孩子氣地冷哼了一聲，抱著手臂繼續扭頭看窗外。

蘇迪沒接話，車裡再度安靜下來。下了高速公路後，因為是下班高峰，路況開始擁堵。他從座椅後面拿出一副墨鏡，直接丟到了葉雨宸的手裡。

葉雨宸低頭看了眼墨鏡，撇了撇嘴戴上，仰頭靠在椅背上說：「那傢伙總是很忙，很少有時間陪我們，唯一一次帶媽媽出去旅行就遇到那種事。所以我不是不喜歡他，而是恨他，他根本連父親和丈夫的責任都沒有盡過。」

認識這段時間以來，這是蘇迪第一次看到葉雨宸露出這麼明顯的負面情緒。如果不是墨鏡掩蓋住了大半張臉的話，或許他現在會看到一個面容扭曲的葉雨宸也說不定。

確實，從普通人的角度來說，葉雨宸的父親完全沒有盡到自己的責任，他沒有讓妻子得到美滿的生活，也沒有讓兒子得到足夠的父愛。但是，如果他並不是普通人呢？

蘇迪想起在葉雨宸老家看到的那個留言，如果那是他父親留下的，那麼也就是說，十年前那個男人就知道自己會「死」？

人類不可能預知自己的壽命，不管是地球人還是外星人都做不到。但是那個人預知到了，不，應該說，他預知的不是自己的死亡，而是自己的離開。

十年前，他就知道自己總有一天會離開妻子和兒子。

蘇迪忍不住轉頭朝葉雨宸看了一眼，如果他的猜測沒有錯的話，那麼葉雨宸身上發生的一些奇怪的現象就都解釋得通了。

為什麼這傢伙能聞到別人聞不到的氣味，為什麼催眠術無法完全對他生效，為什麼他的歌聲裡會有異星音波，為什麼他能看到隱形狀態的 Alex，以及，為什麼他擁有星雲碎片。

「你看著我幹嘛？我才不需要你的同情。」注意到蘇迪的視線，葉雨宸不爽地說了一句，墨鏡後的眼睛氣勢十足地狠瞪了一下。

蘇迪聳了聳肩，收回視線，淡淡開口：「也許你父親有什麼苦衷。」

「苦衷？有什麼苦衷是不能和家人說的？」葉雨宸反應很大，氣呼呼的口氣，胸口上下起伏的弧度都比之前大了。

「難道在你的記憶裡，就從來沒有他對你們好的時候？」

「當然沒有！」

「你說曾經有個人也用過那種自製香水，是你父親嗎？」

突然聽到這個問題，葉雨宸的心漏跳了一拍。他當然記得自己曾經對蘇迪講過這句話，但他沒想到蘇迪居然能把這兩件事聯繫起來。

他的沉默彷彿就是種默認，蘇迪直視著前方，又接話：「那時的你並沒有表現出厭惡。」

「因為聞到那種味道的時候我還小，還沒意識到他有多可惡。更何況，一種好聞的香水並不會因為被一個大爛人用過而變得不好聞吧。」

看他斬釘截鐵的口氣，蘇迪沒有繼續發問。

看來在這件事上要誘導他並不容易，他的負面情緒成為了一道屏障，任何和他父親有關的話題都會無法深入詢問。

蘇迪本來想問遺產的問題，但考慮到葉雨宸的心情，他決定這個問題以後再找機會問。

十分鐘後，汽車在葉雨宸家門口停了下來，大明星下車後發現他的助理並沒有要跟上的意思，困惑地問：「你還要出去？」

「我去買菜。」蘇迪毫不猶豫地回答，在葉雨宸驚訝的目光中再度踩下油門。

ALIEN INVASION ALERT! 外星警部入侵注意

>>>CHAPTER.8

直到駛出社區，車內才再度響起悅耳的女聲：「洛倫佐中校，他看起來是個地球人，為什麼能看穿我的隱形狀態？剛才我本想通知您，但他太果斷了，直接就走到了我身邊。」

太果斷嗎？蘇迪的嘴角微微勾起，確實，那傢伙的行動力向來一流，就像那次摸他額頭一樣。

不過，連Alex的隱形狀態都能直接看穿，很顯然，葉雨宸身上具有特殊的力量，他並不是普通的地球人。

「Alex，妳的資料庫已經徹底更新過了吧？」沒有回答之前的問題，蘇迪轉開話題。

在得到肯定的答覆後，他又開口：「幫我查一下四年前離開地球的外星人名單，重點搜索範圍是通緝犯或者宇宙警部。」

「您懷疑他的父親是外星人？」Alex的反應很快，幾乎立刻就想到了這個可能性。

蘇迪點了點頭，沒有接話，熟練地將車停在菜市場入口，下車前說：「希望我回來時能有結果。」

說完，他打開車門，長腿一邁，人就下車走進了菜市場。

十五分鐘後，提著一大包食材的帥哥回來了，一路上幾乎所有的家庭主婦都移不開視線，甚至有人因為發呆而撞到電線杆。

上車後，蘇迪把食材放到副駕駛座上，還沒來得及發問，Alex已經主動開口：「中校，四年前離開地球的外星人有好幾個，需要把資料傳到您的設備機上嗎？」

看資料就需要立體投影，很顯然，他們不能在菜市場入口做這件事。

回家後，蘇迪提著食材進門，葉雨宸已經換了衣服，正在沙發上逗雪團玩，看到他手上的東西後揚起眉梢問：「你要下廚嗎？晚餐你也會做？」

蘇迪直接把食材提進廚房，並且拿出莉莉的圍裙穿上，這才淡定地回答：「我認為在今天這樣的日子你會比較想吃家裡做的菜。」

粉色的圍裙穿在男人身上看起來依然很可笑，但這一刻，葉雨宸笑不出來。

他怔怔看著在廚房裡忙碌起來的蘇迪，根本不知道該怎麼回應那句話。

「喵——」雪團在這時低叫了一聲，伸出舌頭輕舔主人的臉頰，癢癢的感覺

外星警部入侵注意

讓大明星回過神，他看了雪團一眼，開心地抱緊了牠。

「還真是，有點羨慕你的女朋友呢。」一個小時後，面對一桌豐盛的晚餐，葉雨宸由衷地發出感歎。

完了完了完了，這一任助理這麼優秀，萬一哪天他辭職不幹了，自己要怎麼適應接下來的助理啊？

新助理上任還不到三天，大明星已經歎息著開始為未來擔心了。

蘇迪脫下圍裙，在他對面坐下，涼涼回答：「真可惜，你不是女人。」

「噗——咳咳咳……」剛把一口飯吃進去的葉雨宸差點噴了滿桌，馬上轉過身去猛咳起來。

原本蹲坐在他腳邊的雪團見狀跳了上來，大力揮動爪子拍著他的背脊，同時貓眼瞥向蘇迪，無聲地傳遞責怪：亂說話，你是想殺了他嗎?!

蘇迪低下頭，沒有和昔日尊貴的公主對視，嘴角卻忍不住微微勾了起來。

雪團看到他的笑容，大大的貓眼中閃過驚訝。總覺得，神槍洛倫佐，以前好像不是這麼容易就會露出笑容的。

等葉雨宸停止咳嗽後，誰都沒有繼續剛才的話題。本來就是一句玩笑，當然沒人會當真了。

吃完飯，收拾了廚房之後，蘇迪上樓泡澡，葉雨宸則待在客廳，繼續看蘇迪之前帶來的硬漢電影。陸韓的電影預計一個月後進劇組，他想趁這段時間再多研究一點這類型的角色。

雪團安靜地臥趴在他的腿上，享受著他的體溫，慵懶地打著瞌睡。

「叮咚——」很突然地，門鈴響了起來，葉雨宸訝異地眨了眨眼，暫停電影起身去開門。

但就在他要走到玄關時，沙發上的雪團急促地尖叫起來，而且衝過來咬住他的褲腿，不讓他繼續往外走。

「怎麼了？雪團？我要去開門啊，別鬧了，等會我們再繼續看電影啦。」

葉雨宸不知道他的愛貓是怎麼了，想往前走，可雪團拚命咬著他的褲腿，根本就不鬆口。

「請問有人在家嗎？有快遞。」門外響起了詢問聲，那人接著又敲了敲門。

「有，稍等。」葉雨宸揚聲應了話，見雪團還是不肯放開他，只能俯身去抱牠，打算帶著牠一起去開門。

卻沒料到，平時很喜歡他抱的雪團今天一反常態，見他出手，立刻向一邊躲開，轉身就往樓梯跑。

「到底是怎麼了？今天的貓罐頭不好吃嗎？」他莫名其妙地抓了抓後腦勺，自言自語一句，繼續開門去了。

「叮咚。」門鈴聲再度響起，看來門外的人等得不耐煩了。葉雨宸疑惑地皺了皺眉，這邊的快遞都認識他呀，平時來送快遞時都眉開眼笑、態度超好，今天怎麼這麼急躁？

「來了。」他又應了一聲，兩步跨過去，邊開門邊說：「是什麼快遞呀，我最近好像……」

話說到一半，葉雨宸開門的手猛然頓住，突然想到什麼似地瞪大眼睛，接著用力推門，想把門關上。

然而，門外反彈的力量卻超乎他的想像，「砰」的一聲，沉重的木門被重重推回來，差點撞到他的頭。

葉雨宸一連後退了幾步，震驚地看著跨進門的人。

那人戴著一頂鴨舌帽，低著頭看不到臉，身材異常高大，渾身的肌肉把衣服撐得鼓鼓的，看起來十分可怕。

但更讓他感到焦慮的，是從那人身上散發出來的隱隱的腥臭味。他一下子想不起來在哪裡聞到過這種味道，但潛意識已經向他示警了。

「你是誰！想幹什麼？我報警了喔！」故作鎮定地大聲喊了一句，葉雨宸摸出手機，毫不猶豫地撥打了報警電話。

然而，沒等電話接通那人就撲了上來，右手不知道什麼時候竟然握了一把刀！開什麼玩笑！他以為這人是想搶劫，可結果是要殺人嗎？有沒有搞錯對象啊，他又沒得罪過誰！

葉雨宸的心提了起來，雖然他本來對自己的防身術很有自信，但眼前這人拿著武器而且比他魁梧很多，要打架的話他實在沒有自信啊！

「蘇迪！你快下來！」報警電話已經被接通，但此刻，大明星已經沒有時間說明情況，而是轉身就往樓梯的方向跑。

可惡，難道雪團剛才也是在向他示警嗎？他實在太大意了，這種時候應該徹底相信動物的警覺心啊！就像地震前動物都會騷動一樣！等等，現在不是想這些的時候啦！

「啪」的一聲，樓梯口的長花瓶被他掄起來朝身後砸了過去，可隨後看到的畫面卻讓他徹底呆住了。

那人居然沒有躲開，就這樣任花瓶砸在了頭上，血幾乎立刻就湧了出來。那人的臉在剎那間被染成了紅色，但他就像沒有痛覺一樣，腳下絲毫不停，筆直衝了過來。

等葉雨宸意識到他應該繼續逃的時候，反射著寒光的刀鋒已經刺到了身前，他茫然地睜大眼睛，怎麼都想不明白為什麼會有人要殺他。

危急時刻，一條有力的手臂突然橫在他身前，用力將他攔向了身後。「噗」的一聲，尖刀入肉的聲音在安靜的夜中聽起來竟萬分刺耳。

「蘇迪！」葉雨宸失聲大叫，然而，擋在身前的人沒有絲毫遲疑，威力十足的鐵拳抬起，筆直轟向入侵者的臉。

然而，預料中的打擊聲並沒有響起，那人仍然站在蘇迪面前，被拳頭砸到的臉只是微微向側面傾斜了一點而已。

蘇迪一愣，下一秒，他意識到不是侵入者抵擋住了他的攻擊，而是他的拳頭根本就沒有力量！

心臟彷彿被什麼巨大的力量捏住一般傳來劇痛，他低頭，看到那把筆直插在他胸口的匕首正發出幽暗的藍光，而他的血正洶湧地冒出來。

星際力量！蘇迪猛然睜大雙眼，他的手握住了侵入者的手臂，卻再也做不了什麼，向一側倒了下去。

葉雨宸的呼吸幾乎都要凝固了，他的臉色變得慘白，甚至比蘇迪更難看。

侵入者俯身握住了那把匕首，用力拔了出來，再度刺向已經失去意識的蘇迪！

「住手啊啊啊——」一聲劃破長空的怒吼從葉雨宸口中爆出，那一瞬間，普通人聽不見的刺耳音波響起，接連的爆破聲中，房間裡的玻璃器皿和窗戶全部炸開，而拿著匕首的侵入者則瞪圓眼睛，緩緩倒在地上。

葉雨宸的眼前一陣發黑，跪倒在地劇烈地喘息著。好一會兒後，視力恢復，他才緊張地撲過去抱起蘇迪。

剛才發生了什麼？他的頭有點痛，就好像瞬間失憶了一樣，房間裡碎了一地的玻璃是怎麼回事？還有這個入侵者，他怎麼會倒在地上？

葉雨宸茫然地看著眼前的一切，室外，刺耳的警笛聲撕裂了夜的寂靜，由遠及近，飛馳而來……

陳樂趕到醫院的時候，葉雨宸正坐在手術室的門口，被血染紅的雙手交握，抵著額頭彷彿在祈禱一般。

手術室的紅燈亮得刺目，陳樂快步走過去，兩手握住他的肩膀顫著聲音問：「雨宸，你還好嗎？」

被問話的人緩緩抬起頭，眼圈有點紅，臉色難看得像鬼一樣，半點沒有平時的俊美瀟灑。他點了點頭，咬著嘴唇不說話。

陳樂下意識嚥了嚥口水，朝手術室的大門看了一眼，聲音抖得更嚴重了。「蘇迪他，怎麼樣了？」

葉雨宸搖了搖頭，聲音也顫抖著。「胸口中刀，醫生說離心臟很近。」

「不，他一定會沒事的，雨宸你不要急，他一定會沒事的。」陳樂急切地說著，再一次抬頭看向手術室，幻想著能有個醫生快步走出來，告訴他們病人已經徹底脫離了生命危險。

然而沒有，那扇緊緊關閉著的門就像要隔斷他們的希望般紋絲不動。

走廊上在這時突然響起了高跟鞋的聲音，一步一步，就像是踩在人的心尖上。陳樂煩躁地抬起頭，想看看是誰這麼過分在醫院裡發出噪音，可看到對方的剎那，他愣住了。

那是個金髮藍眼的超級大美人，身在娛樂圈的陳樂都從未見過那麼精緻漂亮的五官。她的個子很高，身材窈窕可人，看起來像是個外籍模特兒，但穿著白袍，又像是醫生。

從出現在走廊上的那刻起，她的目光就落在葉雨宸身上，不像陳樂已經看她看到傻眼，葉雨宸就像沒有聽到她的腳步聲般，連頭都沒抬。

美人主動在葉雨宸面前停下了腳步，直到那雙修長筆直的美腿進入視野，大明星才意識到什麼，緩緩抬起了頭。

葉雨宸露出了驚訝的表情，在這旁人看來很有可能是見到美色的驚豔，但只有他自己知道不是。他在美人身上同樣聞到了香水味，蘇迪用的那種。

四目相對，美人微微笑了笑，很溫婉的笑容，在這樣的時刻，擁有讓人平靜下來的力量。

「他會沒事的，請不要擔心。」美人朝葉雨宸點了點頭，留下這句傳遞希望的話之後，筆直走向了手術室。

不一會兒，手術室的門被輕輕打開，美人和開門的護士說了句什麼後就走了進去。

走廊上安靜了下來，時間在這樣的寂靜中流逝得很慢，但對等待的人來說，無疑是一種深刻的折磨。

直到一聲輕響，手術室的紅燈熄滅，許久沒動彈的兩個人才猛然起身，快步朝出來的醫生走過去。

「手術很成功，病人已經脫離生命危險了，請不要擔心。」

主治醫生笑容滿面地宣布這個喜訊，陳樂和葉雨宸對視一眼，心裡懸著的巨石同時落了地。

護士很快推著蘇迪出來，他閉著眼睛，尚未恢復意識，臉色雖然蒼白，但看起來很安詳，如果不是穿著病服打著點滴的話，會讓人以為他只是睡著了。

兩人跟著一路走到病房，在護士把蘇迪安置好後，之前的美人醫生又出現了。

葉雨宸看到她，主動上前道謝，美人卻搖了搖頭回答道：「這是我們應該做的。不過，雖然他脫離了生命危險，但還是需要好好觀察幾天，你們可以聯絡他的家人過來照顧他嗎？」

家人？陳樂為難地皺起了眉。蘇迪剛來公司，人事那邊還沒來得及登記家庭資料，可能聯絡不到他的家人，看來只能從公司裡抽人手過來照顧他了。畢竟他救了雨宸一命，公司是要對他負責的。

結果沒想到，身邊的人率先毅然開了口：「我來照顧他。」

雖然知道蘇迪有個堂弟蘇佩，但他並沒有蘇佩的聯絡方式。從之前雲起樂團的選拔報名資料裡或許能找到，可是，蘇迪是為了救他才傷成這樣，他怎麼可能把人就這樣推給家屬呢？

「雨宸，我理解你的心情，但這樣做不合適吧。」陳樂毫不猶豫地反對起來，雨宸畢竟是公眾人物，留在這裡照顧蘇迪很快就會傳開，到時候如果影迷什麼的慕名而來，不是反而會打擾到蘇迪嗎？

「我知道。」葉雨宸眉心輕蹙，他當然清楚這樣做會導致哪些負面狀況，但要他把蘇迪丟下，他辦不到。

「就算會繼續給他添麻煩，我也做不到就這樣回去，阿樂，如果不是蘇迪的話我說不定已經死了。」

看著大明星一臉堅決的樣子，陳樂煩躁地抓亂了髮型。

完了完了，這下是沒有挽回的餘地了。以雨宸的個性，除非現在蘇迪馬上醒過來活蹦亂跳，否則是別想趕他走了。

美人醫生在這時笑著開了口：「沒關係，醫院方面肯定也不希望醫療環境被影響，考慮到葉先生特殊的身份，我們可以為蘇先生準備 VIP 病房，儘量讓你們不和其他人接觸。」

「真的嗎？那太好了，麻煩你們了！啊對了，醫生您貴姓？」葉雨宸發現聊了半天還不知道人家美女醫生的名字，頓時有些汗顏。

美人莞爾一笑，明眸皓齒，讓人心動。「我姓安。」

蘇迪醒過來，立刻察覺到了空氣中熟悉的氣息，這讓他很驚訝，不自覺地就皺起了眉。失去意識前發生的事還清晰地殘留在腦海中，到此刻，後怕的感覺仍然讓人心悸。

如果不是雪團突然衝上來叫他，或許等他從能量池出來，面對的就將是葉雨宸的屍體。

想到這裡，他轉頭，立刻看到了趴在他床邊，已經睡著了的人。

月光從窗外爬進來，撒了葉雨宸滿身，讓他的頭髮和皮膚都染上了淡淡的銀光。他睡得很熟，半張臉埋在手臂裡，半張臉浸在月光中，一動也不動，卻自然流露出了一種保護的姿態。

蘇迪看著他，無奈地歎了口氣。想他大名鼎鼎的金牌警部，神槍洛倫佐，現在居然被一個地球平民給守護著，消息如果傳出去，大概會笑掉整個宇宙警部裡所有人的大牙。

還好佩里那小子去封印蟲洞了，不然以他唯恐天下不亂的個性，這件事不用多久就會傳遍全宇宙。

安靜的病房裡，柔和的低笑聲響起，一道帶著調侃的女聲接著傳來：「洛倫佐，看樣子你們相處得很愉快，我本來還擔心你在地球會悶得慌。」

蘇迪並不驚訝於這個聲音的出現，畢竟一醒過來他就意識到了，如果不是宇宙警部來人了的話，他哪可能這麼快醒過來，以他當時的身體狀況，大概可以直接嚇死地球醫生。

金髮藍眼的美人從無聲打開的門外走進來，到了病床邊，直接橫抱起葉雨宸，小心地把他移到了外側的沙發上，還貼心地從櫃子裡取出薄毯，蓋在他身上。

做完這些，美女回到病床邊，在葉雨宸剛才坐的椅子上落座，笑吟吟地看著他又開口：「斯科皮斯星的事已經有結論了，總部認可了你的想法，等這次的任務結束後，你就可以回去了。」

明明是一直期待著能夠得到的答覆，但此刻真的聽安卡說出來後，蘇迪反而有些晃神。他怔了怔，好一會兒後才點頭，淡淡開口：「是嗎。」

安卡點了點頭，「另外，總部也追封了娜塔西亞，她的名字將刻上金星紀念碑。」

提起娜塔西亞，蘇迪的神情仍然有些波動，但這一次，他的表現很平靜，只是用再度點頭這樣的動作接受了這個事實。

其實誰都知道，名字被刻上紀念碑並不是一種榮耀，而是一場悲劇。但已經死去的人如果無法挽回，那麼活著的人也只能接受這份虛偽的補償。

安卡看著蘇迪，沒有立刻繼續說話，而是給他充分的時間調整心情。雖然名義上她是蘇迪的上司，但事實上，他們還是從小一起長大的青梅竹馬。正因如此，蘇迪對她的信任要遠遠高於其他管理者。

「蟲洞的事怎麼樣了？」許久後，蘇迪抬起頭，不再細究過去的事，而是朝葉雨宸的方向看了一眼。

他知道，葉雨宸會睡得這麼熟，是因為安卡做了什麼，而等天亮之後他們就沒有這樣獨處的時間了。所以趁著黎明尚未到來，他們要抓緊時間討論。

「佩里帶人去處理了，應該很快就可以封印掉，監視儀的系統我也檢查過了，是被某種電波干擾，電波源很可能在費利南德身上。他昨晚操縱了一名地球平民行凶，這是很嚴重的罪名，這次我們可以光明正大逮捕他了。」

提起昨晚的事，安卡的神情也不禁凝重起來。他們誰都沒想到費利南德居然膽大包天到這種程度，外星人來地球這件事本身並不犯法，但操縱地球人那可就是重罪了。

而從後果來說，差一點就讓他得逞了。因為是地球人，所以蘇迪才沒有察覺到有侵入者，沒能及時出來保護葉雨宸。

而當時那個地球人用的刀具卻是外星器械，正因為刀具裡有異星能量，蘇迪被刺中後才會立刻失去意識。

如果不是她及時趕回來的話，後果簡直不堪設想。

「有一件事我不明白，費利南德如果是想得到星雲碎片，為什麼要殺雨宸？」

沉思了半晌，蘇迪眉心微皺，說出了心底的疑惑。

如果說前兩次襲擊還看不出他的目的的話，那昨晚很明顯就是刺殺了。

安卡交疊雙腿，單手支在膝蓋上撐著腦袋，沉吟了片刻後搖了搖頭。「我也想不通，如果只有葉雨宸知道星雲碎片的位置，殺了他的話，不是永遠無法得到星雲碎片了嗎？還是說，其實是我們搞錯了費利南德的目標？」

「希望我們沒有搞錯。」蘇迪面無表情地接話，安卡點了點頭，明白蘇迪的意思。

如果費利南德的目標是星雲碎片，那麼保護葉雨宸的任務會簡單很多，因為費利南德需要葉雨宸活著才能達成目的，可如果打從一開始他的目標就是沖著刺殺，那麼後續的殺意會更濃烈、情況會更加危險。

「對了，他拿來了你的設備機，還把 Alex 開過來了。聽 Alex 說設備機裡有你要的資料？」沉默片刻後，安卡起身從櫃子裡拿出了蘇迪的筆記型電腦，遞了過來。

蘇迪挑了挑眉，接過電腦打開，Alex 傳送過來的資料很快以立體投影的模式跳了出來。

安卡掃過資料上的人物照片，訝異地問：「你怎麼會查這幾個人？他們都來過地球。」

「他們都是四年前離開地球的。」蘇迪糾正了安卡的說法，安卡是地球指揮部的總負責人，當然知道哪些外星人曾經來過地球。但很顯然，她不可能記得每一個人出入地球的時間。

「他們有什麼問題？」安卡一下子摸不清蘇迪的重點，四年前離開地球的外星人難道和現在的事件有關嗎？可即使有的話，這些人現在在宇宙的哪一個角落，可能根本沒人知道。

蘇迪沒有立刻回答問題，他專注地看著幾個人的資料，片刻後才說：「沒什麼，只是有些疑惑而已，和這次的事件無關。」

明確的態度，他並不想討論這個問題。安卡抿了抿唇，識趣地沒有再問。

房間裡安靜下來，籠罩在月光下的立體影像蒙著淡淡的銀光，蘇迪目不斜視，仔細地看過每一個人的資料。雖然這幾個人離開地球的時間都在四年前，但他們來到地球的時間卻不同。

如果從葉雨宸父親的角度出發，那麼那個人來地球的時間至少在二十四年之前，眼前的這幾個人裡，只有兩個人符合這個條件。

而這兩個人，一個是宇宙警部的特別調查官，一個是長期潛逃在外的通緝犯。

「那麼，我不打擾你解惑了。你的傷勢已經沒事了，不過為了不引起懷疑，還是至少在醫院待滿一週比較好，我也會在附近布防。另外，他說會照顧你直到出院，趁這段兩人獨處的時間，再問問星雲碎片的下落吧。」

安卡說這句話時語氣曖昧，笑容中更是帶著調侃，手還朝葉雨宸的方向指了指，生怕蘇迪不知道她在說誰似的。

病床上的人滿頭黑線。什麼叫兩人獨處啊？不要一副他們在談戀愛的八卦樣子好嗎！

看著這樣的安卡，忍不住就想起了星光影視的夏玲。難道天下女人都一個樣？不管是地球人還是外星人？

安卡看出他的鬱悶，低聲笑了起來，那狡黠的笑意讓蘇迪的臉更黑了。

直到安卡離開，病房重新安靜下來，蘇迪才再度把視線集中到立體投影上，表情變得專注而認真。

這兩個人裡，或許有一個是葉雨宸的父親。

ALIEN INVASION ALERT! 外星警部入侵注意

>>>CHAPTER.9

「我怎麼會睡在沙發上？」

清早，難得沒有鬧鐘就自然醒過來的大明星，對於自己躺在沙發上這件事表示了極大的震驚，尤其是當他發現病床上的病人已經清醒，而且還靠坐在床頭時。

蘇迪低頭按著手機，看樣子是在和什麼人傳簡訊，聽到問題頭也不抬地回答：「你半夜自己走過去的，還從櫃子裡拿了毯子。」

「怎麼可能！」葉雨宸驚呼，他很肯定自己沒有夢遊的毛病，什麼半夜自己走到沙發上睡還拿了毯子，如果他做過這種事一定會記得好不好，他昨天又沒喝酒！

蘇迪總算把目光投了過來，先是面無表情地指了指自己裹著厚厚紗布的胸膛，隨後微微一笑。「難道你希望是我抱你過去的？」

葉雨宸的額頭冒出十字青筋，咬牙切齒地握緊了拳。他發誓，如果不是這個混蛋昨天救了自己一命，他現在一定親手送他上西天！

「對了，我有點餓，可以幫我買份早餐嗎？」儘管雇主表現出明顯的不悅，蘇迪仗著自己是傷患，還是大喇喇地提出了要求。

第二條青筋瞬間跳出，葉雨宸惡狠狠地瞪他一眼，拿起茶几上的墨鏡和帽子，轉身走了出去。

蘇迪朝他的背影看了一眼，表情完全不擔心。既然安卡回來了，防禦工作就不用太緊張了。而且她說了會在附近布防，只要葉雨宸不走出這個範圍，就不會有危險。買個早餐而已，樓下的超商就可以解決了。

手機在這時響了起來，他迅速接起，壓低聲音說：「Alex，這麼快就查到了嗎？」

「當然沒有，洛倫佐中校。」Alex 的聲音帶著驚訝，顯然對於主人如此急切感到意外，「由於和總部的通訊中斷，我無法進入總部的資料庫，如果從各星球出入境系統去查的話，需要耗費大量時間。」

「通訊恢復還需要幾天，要看佩里那邊封印蟲洞的進度了，就先從各星球出入境系統查起吧。」

「那好吧，不過，我有一個疑問。」

「妳說。」對於向來只會乖乖執行命令的 Alex 產生的疑問，蘇迪還是相當有興趣知道的。

「您為什麼會鎖定這個人呢？從母星位置和他們的身份來看，不是另一個人更有可能嗎？」

就在不久前，蘇迪從兩個候選人中選定了一個，叫Alex查出他離開地球後的動向。雖然她之前就知道蘇迪在查的是什麼，而且自己也做過一些思考和推理，但主人的選擇和她不同，還是讓她感到不太甘心。

蘇迪拿著手機，輕眨了一下眼睛，一隻手在病床的被單上敲了敲，涼涼反問：

「妳真的想知道嗎？」

「當然。」Alex斬釘截鐵地回答，她可是從各種角度進行過分析計算的，怎麼看都是另一個人的可能性比較大嘛！

蘇迪轉頭看向窗外，從他病房的角度，正好能看到樓下的超商，而葉雨宸也正好出現在那裡。

儘管戴著墨鏡和帽子，但這種程度的偽裝在大明星的鐵杆粉絲面前根本毫無作用。看吧，兩個女大學生已經發現他了，捂著嘴就要尖叫的樣子。

葉雨宸立刻衝到兩人面前，連連作出阻止的動作才讓兩個女生安靜下來，隨後，又是簽名又是合照，這才被兩人放過，快步走進超商去了。

完整看了這一幕的人微微勾起了嘴角，回答了 Alex 的問題。「因為他長得帥。」

如果 Alex 能擺出表情，現在八成一臉目瞪口呆。智慧型機器人雖然有自己的感情，但他們在某些方面還是只能遵循程式，無法擁有美感辨識能力。

比如，他們能記住每一個見過的人的外觀，能清楚地描述那人的外貌特徵，卻無法辨識那個人長得帥還是不帥，美還是不美。

Alex 沉默了良久，蘇迪自己讓她鬱悶了，又接了一句：「所以說，我本來不想告訴妳理由。」

「感謝您的善解人意，中校。」熟悉的女聲乾巴巴地說完後，通訊被中斷了。

蘇迪的心情變得很愉快，他把手機丟在一邊，舒舒服服地靠在病床上。看，他就說只有人說他善解人意吧。

葉雨宸回到病房，看到的就是他那大多數時間裡都維持面癱狀態的助理，臉上帶著詭異的似笑非笑的表情，靠著枕頭，看著天花板不知道在想什麼。

接下來的三天，醫院裡的生活很平靜。儘管大明星從來沒有伺候過別人，但蘇迪本身是很安分的人，所以他們相安無事，甚至可以說相處融洽。

三天的時間，足夠兩個人彼此瞭解，畢竟除了聊天，他們也沒有其他事情可以做了。而傷患在這種時期總是能得到優待，比如可以問一些平時問了也不會被回答的問題。

從葉雨宸那裡，蘇迪終於瞭解到有關遺產的事。

他的父親確實在十年前就為他留下遺產，但是由於這個舉動太過荒謬，而且十四歲的葉雨宸正是最厭惡父親的時候，所以他根本沒把這件事當回事。

以至於，明明過了二十四歲生日，他也沒有去把那份遺產拿出來。如果不是這次和蘇迪聊天聊到，他都把那件事忘了。

「那傢伙整天在外面鬼混，能留什麼好東西給我，不拿也罷。」當時大明星翻著白眼，對遺產根本不屑一顧，一副這輩子都不打算去拿的樣子。

「能讓銀行保管的東西，不會毫無價值。」蘇迪做著猜測，他看得出來，葉雨宸並不是不想去拿那份遺產，而是因為跨不過自己心裡那道坎。從另一種角度來說，其實他也希望有人在背後推他一把。

「不是銀行在保管，」葉雨宸聽到這話皺了皺眉，或許是對蘇迪的信任，讓他毫無保留地說出了真相：「是那種臨時物品存放櫃。你應該也知道吧，就是流利碼頭那邊的那種對外租賃的集裝箱儲物櫃，很多人把舊傢俱或者家裡放不下的雜物存放在那裡。所以我才會說，一定不是什麼好東西。」

說完這句話，他撇了撇嘴，一臉不爽的樣子。

一個從未對家庭盡過責任的男人，在一個別人存放雜物的地方替他留下了一份遺產，這樣的設定怎麼看怎麼可笑不是嗎？

如果他懷抱著什麼希望興沖沖地跑去，結果打開櫃子看到的卻是一堆雜物，這種心理落差就算是想一想都讓人覺得很崩潰好吧！一個甚至連合照都不曾和他們拍過的父親能留下什麼有用的東西，他實在想像不出來。

在得知遺產地點之後，蘇迪沒有繼續這個話題。雖然看得出葉雨宸在等人推他一把，但以現狀來看，馬上去拿那份疑似星雲碎片的遺產，對他來說並不是什麼好的選擇。

流利碼頭的四十八號儲物櫃是個有鍵盤密碼鎖的黑色櫃子，當晚在葉雨宸睡著後，蘇迪獨自去了一趟碼頭。

但出乎他意料的是，以他的能力竟然無法打開那扇上鎖的櫃門。不僅無法打開櫃門，連破壞櫃子都做不到。

站在櫃子前，蘇迪失笑地搖了搖頭，如果說長得帥是第一個理由的話，那麼眼前的儲物櫃，給了他第二個充分的理由。

連他都能阻擋的精密科技，無疑不是普通人可以做到的。

而且即使是在這麼近的距離，卻依然察覺不到任何星雲碎片的能量。不過單單從櫃子無法被破壞這點就知道，某種無形的力量正從內部保護著它。

蘇迪沒有把這件事告訴安卡，因為這裡面有太多和葉雨宸直接相關的祕密，他並不打算讓宇宙警部方面知道。

「中校，不告訴安卡上校的話，您打算讓葉雨宸自己來開那個櫃子嗎？」Alex不知道蘇迪在想什麼，如果是安卡上校來的話，使用一些特殊的道具，應該就能打開才對。

但蘇迪顯然不打算動用宇宙警部的力量，可如果不動用，要拿回星雲碎片就需要葉雨宸親自出馬。但那樣一來，如何保護他不受到星雲碎片的輻射傷害，又如何向他解釋他父親給他留下的遺產是外星產物？

Alex隨便想一想都覺得這件事麻煩透頂。還是說，蘇迪打算催眠葉雨宸？但父親留下遺產給他留這件事是無法從他的記憶裡移除的。或者說，是打算替換遺產嗎？唔，這倒是比較像蘇迪的行事風格。

結果等了半天，陷入沉思的男人沒有給出回應。直到回到醫院，Alex在安靜無人的停車場上停下，蘇迪才淡淡開口：「這世界上總有些事需要當事人自己面對。」

留下這句帶著深意的話，蘇迪輕輕拍了拍方向盤，下車悄無聲息地回到病房。

費利南德在這三天的時間裡沒有來醫院騷擾，這讓蘇迪覺得很意外。他當然不認為對方是顧慮安卡的防禦系統，畢竟，在和總部的通訊沒有完全恢復之前，防禦系統始終是不完美的。

會出現這種情況，只有一種可能，就是費利南德也在做準備。在安卡回到地球的現在，或許他只有最後一次偷襲的機會，而這個機會，必定是在蟲洞被完全封印前。

沉思間，手機響了一聲，蘇迪轉眼，看到螢幕上跳出一條簡訊，是Alex傳來的一個地名——索科星。

索科星？蘇迪怔了怔，但很快，就像想通了什麼似的露出欣慰的表情。

病房的門在這時被人從外面打開，接著傳來高跟鞋的聲音，還有一道熟悉的女聲：「蘇迪，餓了吧，抱歉，和雨宸交接耽誤了一點時間。真沒想到，平時經常粗枝大葉的雨宸照顧你的時候居然這麼用心，跟我說了很多注意事項呢。啊，果然獨處最能讓感情升溫呢，你們現在……」

「雨宸去了哪裡？」蘇迪猛然打斷夏玲的話，人更是直接從床上跳了下來。

夏玲瞪大了眼睛呆呆看著他。哇，她知道蘇迪的身體是很強健啦，可是，幾天前才差點被刺穿心臟的重傷現在就能下床了？這是不是有點誇張？唔，那一片在病服包裹下也明顯隆起的肌肉，她可以摸一下嗎？

「我問你雨宸去了哪裡?!」見女人盯著自己發呆，蘇迪低吼一句。

夏玲渾身一震，瞪著眼睛愣愣回答：「啊，樂哥帶他去拍廣告了，就是上次延期的那個廣告，廣告商打電話來說不能再等了。」

「這是陳樂親口告訴你的嗎？」

「是啊，今天一早樂哥和我說的，還讓我來代替雨宸照顧你呢。」

蘇迪聽到這裡，臉上已經浮起了殺氣，一個轉身，直接從病房的窗戶跳了出去。

這個動作嚇得夏玲連尖叫都發不出來，只能拚命瞪大眼睛，天哪，這裡可是九樓啊啊啊啊啊！

從九樓一躍而下的壯舉顯然不僅嚇到了夏玲，當時只要路過醫院外側的所有人都親眼目睹了一個穿著病服的男人矯健地從樓上躍下，什麼事都沒有地鑽進了一輛黑色小汽車裡。而更讓人驚訝的是，那輛小汽車好像根本就沒有司機。

所有人都下意識地揉了揉眼睛，想驗證一下自己是不是產生了幻覺。只可惜，黑色小汽車沒有要等他們的意思，早就閃電一樣竄了出去。

「Alex，迅速追蹤普路托訊號，還有聯絡安卡。」

「是，洛倫佐中校。」

Alex 答完後兩秒鐘，安卡的聲音從通訊終端傳出。「洛倫佐，我是安卡。」

「醫院那邊幫我處理一下，我現在去找雨宸，他可能被費利南德操縱的人帶走了。」

「在這個節骨眼上？蟲洞還有一小時就封印了。」

「不得不承認，這確實是最容易鬆懈的時候。」

蘇迪的語氣並沒有變化，不過安卡還是隱約察覺到了他的不滿。沒有多說什麼，她立刻安排人手解決醫院那邊的騷動，隨後對蘇迪說：「洛倫佐，小心一點，我沒辦法馬上能趕過去。」

「我會逮捕那傢伙的。」蘇迪面無表情地接了話，結束通話後又問 Alex，「他們到哪裡了？」

Alex 立刻回答：「流利碼頭。」

「啟動戰鬥系統，準備修改戰鬥區域空氣參數。」

「是，中校。」

十分鐘後，Alex 駛入了流利碼頭。由於大多數人在這裡只是儲存雜物，很少進出，所以這裡人煙稀少，汽車可以直接開到儲物櫃邊。

但人少，並不代表沒有人。此刻，好幾人圍在四十八號儲物櫃不遠處，正在激動地竊竊私語。

「喂喂，那不是葉雨宸嗎？大明星怎麼會跑到這種地方來？」

「和他在一起的是他的經紀人陳樂吧？他們兩人看起來好像不太對勁啊。」

「陳樂手裡拿的不是刀嗎？喂，他該不會是挾持了葉雨宸啊！」

「真的耶，快報警吧！」

有人摸出手機準備報警，但下一秒，一道黑影在眼前閃過，手機已經不見了。

那人驚訝地抬起頭，只見一個穿著一身黑色緊身制服的超級帥哥就站在他們面前。帥哥真的很帥，但那冷冰冰的表情，卻讓人不由自主地打寒顫。

「Alex，建立封閉防禦結界，啟動催眠模式。」只見帥哥薄唇輕啟，像是下了一個命令，隨後就再也不看他們一眼，轉身朝四十八號儲物櫃衝了過去。

「是的，中校。」

悅耳清脆的女聲，讓人聽了如沐春風般舒服，可當看清是什麼東西在說話後，圍觀者頓時集體石化，一句話都說不出來了。

喂喂，這裡今天是借給變形金剛劇組拍電影了嗎？這個會說話的汽車人是哪裡來的？誰來告訴他們，他們到底是不是在做夢啊啊啊！

在眾人茫然無措的時候，Alex毫不拖泥帶水，一道封閉防禦結界已經建起，結界內隨即湧起一陣薄霧，不到幾秒鐘，那幾位路人就緩緩倒下了。

做完這些，Alex也立刻追向蘇迪，結果腳步剛邁開，竟然撞上了另一道透明的結界。她一愣，舉起機械手臂砸上去，但是很可惜，結界紋絲不動。

Alex試圖聯線蘇迪的手機，但很快發現在這個封閉的空間裡，連通訊系統都被徹底切斷了。

「別過來！」陳樂在看到蘇迪的瞬間拉住了葉雨宸，原本抵在他腰間的刀子也移到了他頸側，刀鋒一抖，一條血線立刻滑了下來。

蘇迪停下了腳步，整個人身上散發出濃烈的殺氣，冷峻的面容上沒有一絲表情，但雙眼射出的寒意已經讓陳樂不自覺地顫抖起來。

「打開櫃子，我叫你快打開！」見蘇迪暫時沒有靠近，陳樂大聲咆哮了一句，他的眼睛瞪得很大，表情扭曲得猙獰，額頭的青筋高高爆起，彷彿就要爆裂似的。

葉雨宸脖子上的血流得更多了，他咬了咬牙，小心地後仰腦袋避免被割斷脖子。看了蘇迪一眼後，他慢慢抬起手，按向了密碼鎖。

連續的「嘀嘀」聲響起，隨後是「咔噠」一聲，門鎖開了，櫃門輕輕往內彈開，出現了一條縫隙。

陳樂一腳踢了過去，門被徹底打開了，儲物櫃裡的情況展現在眾人眼前。這一刻，不僅陳樂和蘇迪，葉雨宸也轉過了視線，筆直地望進櫃內。

沒有堆積的雜物，沒有想像中的破銅爛鐵，櫃子裡空蕩蕩的，只有正中間放著一塊椰子大小的石頭。

石頭？葉雨宸第一個愣住，隨後就苦笑了起來。

他當然知道今天的陳樂不正常，可當這個不正常的陳樂挾持他要他取出父親的遺產時，他沒有掙扎。或許是因為，其實他也想知道這份十年前就準備好的遺產究竟是什麼。

可是，他想過無數種可能，卻怎麼都沒想到，那會是一塊看起來普普通通，只是比較大的石頭。

「殺了他！」冰冷而陰毒的嗓音發出了指令，費利南德瞬間出現在儲物櫃門口，一腳跨了進去。

陳樂的手用力劃下，刀口劃破皮膚，直切向動脈，葉雨宸睜大眼睛，連呼吸都要停止了。

就在那一眨眼間，銀藍色的光芒從蘇迪的能量環上爆開，如光圈般向四周輻射了出去。

銀光掃過陳樂，他立刻僵住了，明明手中的小刀只要再往下一點點就可以割開葉雨宸的喉嚨，但他整個人就像被定住一樣一動也不動。

葉雨宸的心臟劇烈地跳動著，他聽著自己的心跳聲，在發現陳樂的異樣後，小心翼翼地移動脖子，讓自己脫離被鉗制的狀態。

他很快就發現，不僅僅是陳樂，就連儲物櫃裡那個彎腰企圖撿起石頭、全身的皮膚都是綠色的看起來像外星人的怪人都不動了。而除此之外，原本地上被風吹動的幾片葉子也靜止了。不，不僅如此，就連風也停止了。

葉雨宸瞠目結舌地看著徹底靜止的空間，好不容易才扭動脖子，看向身後緩步朝他走來的人。

是的，蘇迪，只有蘇迪在這個空間裡還能行動自如。

「我停止了時間。」男人走到他身前站定，抬起頭，摸了摸他血流不止的脖子，微微皺了皺眉。

葉雨宸呆呆地看著他，懷疑自己是不是在做夢，可脖子上的疼痛卻清晰地傳來。最終，他愣愣地問：「時間……是可以停止的嗎？」

「是的，不過只能維持五分鐘。」蘇迪涼涼地回答，挑了挑眉，轉身走到費利南德身邊，從他手下拿起那塊石頭，轉身走出來，用力關上了儲物櫃的門。

「你們……到底是從哪裡來的？」葉雨宸摸了摸脖子上的傷口，痛得他渾身一顫，可心裡的好奇卻止不住，即使他多少已經猜到答案了。

外星人，這是科學家一直企圖證實其存在，卻始終證實不了的謎團。

蘇迪把石頭拿到他面前，直視著他的眼睛，淡淡開口：「我現在告訴你的這些，也許十分鐘後你就不會記得了，不過我還是想告訴你。宇宙沒有盡頭，人類也絕不僅只有地球人一種，我們來自於異星，也就是你們地球科學家俗稱的外星人。」

葉雨宸眨了眨眼，莫名其妙地問：「你們來地球幹嘛？」

「我來保護你們。」

蘇迪說這句話的時候沒有表情，語氣也沒有任何波動，但是葉雨宸覺得，如果是別人說這句話，他一定不信，可蘇迪說的，他願意去相信。

「那他來地球幹嘛？」他指了指被重新鎖上的儲物櫃，還下意識地看了看表，距離蘇迪說的五分鐘，已經過去一半了。

「來幹壞事，不過我現在逮捕他了。」

「逮捕？你是星際刑警嗎？」

「宇宙警部，這是比較標準的說法。」

「他為什麼會想要這塊石頭？」

葉雨宸看向了蘇迪手裡的石頭，即便他之前對外星人什麼的完全沒有概念，但經過這幾天，以及蘇迪現在的說辭，他也能猜到了。

那個綠皮膚的外星人是來搶他父親留給他的遺產的，而且想順便殺了他。

在蘇迪回答之前，他忍不住伸手摸了摸那塊石頭。粗糙的石塊摩擦指尖的剎那，他感覺到心臟就像是被什麼東西敲了一樣重重跳了一下，緊接著，零星的記憶碎片，居然在腦海中一閃而過。

人高馬大的男人把還是孩子的他架在脖子上，張開雙臂作出飛翔的姿勢，他在男人肩上大聲笑著，不遠處，媽媽看著他們，笑得甜蜜又幸福。

諸如此類的場景，一幕接一幕，都是他過去從未有過的記憶。

葉雨宸震驚地瞪大了眼睛，人不自覺地往後退了一大步，而蘇迪手上的石塊經過他的觸摸後，竟然一點點裂開了。

紫色的光芒從碎裂的石塊下綻放出來，蘇迪沒有看向那塊終於現出原形的星雲碎片，而在趁時間停止的最後幾秒鐘對葉雨宸說：「這是你父親留給你的遺物，也是來自外太空的寶藏。我會給你一段時間來考慮要不要接受它，等你作出決定後，再來追求其他答案吧。」

伴著話尾落下，原本停滯的時間恢復了。風揚起，吹過地上的葉子發出「沙沙」的聲音，陳樂手裡的刀掉在地上，他似乎不知道發生了什麼事，看見自己拿著染血的刀，臉色一下子變得慘白。

透明的結界消失了，Alex變回汽車的樣子，開到了蘇迪面前，而不遠處，安卡和佩里各帶著一隊隊員朝他們走了過來。

「洛倫佐前輩，百分之七十五的能量就催動了時空手杖，啊呀呀，除了佩服，我實在不知道還能怎麼面對你啊。」不同於安卡立刻投身善後工作，佩里邁著悠閒的腳步走到蘇迪身邊，語氣揶揄地開了口。

蘇迪哼了一聲，隨手把星雲碎片甩進他懷裡，冷冷地說：「好好保管。」

「嘖嘖，真是好大一塊星雲碎片啊。到底為什麼這種東西會在葉雨宸這裡呢？前輩，你一個人埋頭調查，一點訊息都沒透露給我們，實在是有些不厚道喔，我現在都有點後悔把 Alex 還給你了。」

佩里並沒有在開玩笑，儘管他的表情和語氣都很像。

他已經從安卡那裡知道蘇迪這次任務結束後就會調回總部，可能的話，他希望自己的表現也能被總部注意到，繼而調離地球。

他是個研究員，而地球的資源和基礎，無法滿足他的研究需求。而比起研究，更重要的是，他想繼續和蘇迪共事，他還沒有讓蘇迪原諒他。

修復 Alex 並交還給蘇迪是為了謝罪，可因此失去了可以參與調查的機會，卻是他始料未及的。而且錯過了這次，很有可能他們兩個以後就再也沒有共事的機會了。

少年想到這裡，不甘心地咬住了唇。他低著頭，沒有看蘇迪的表情，他相信蘇迪知道他在想什麼。

然而蘇迪沒有接他的話，站在原地看了他幾秒後，轉身朝安卡走了過去。就像之前的無數次，又被忽略了呢。佩里抬頭看向蘇迪的背影，苦笑著搖了搖頭。

他知道這個世界上沒有後悔藥，卻不知道，想要乞求一個人的原諒，居然這麼困難。

「洛倫佐，恭喜，事情總算圓滿解決了。」安卡見蘇迪朝她走來，露出了溫雅的笑容。在她身後，那幾個人類已經受催眠遺忘了剛才看到的事，被送出結界後就各自回家了。

葉雨宸和陳樂因為是事件的中心人物，對他們的催眠比較複雜，幾個研究員正在小心地處理。而另一側，關著費利南德的儲物櫃已經被封了層層結界，並且貼上封條，之後會直接送回宇宙警部總部處置。

「這是總部的調令，拿著它回去吧，正好幫我押送犯人。」從口袋裡取出一枚金色的徽章，安卡再度開口。

蘇迪伸手接過，可以感受到身後佩里灼熱的視線，他把徽章收進口袋，看著青梅竹馬問：「安卡，妳在地球待了這麼久，覺得這裡到底是個怎樣的星球？」

似乎沒想到他會提出這樣的問題，安卡露出驚訝的表情，但隨即，她笑著反問：「你呢？在接到保護葉雨宸的任務之前你已經在地球適應了一段時間，雖然很短，但我相信你有自己的想法。你覺得地球是顆怎麼樣的星球呢？」

蘇迪努力回想這段時間以來的生活。過去他對地球的印象，只是一顆藍色玻璃珠，從宇宙看，會覺得地球很漂亮而已。雖然安卡經常和他提起地球，但他從來沒想過自己有朝一日會來到這顆星球執行任務。

宇宙的發展並非一致，有發達的星球就有落後的星球，地球在這些星球裡談不上出眾，但也不算非常落後。它只是一顆平凡的星球，平凡到不可能成為蘇迪這樣的金牌警部的駐地。

直到斯科皮斯星事件爆發，他被調到地球。表面雖然沒有被降職，但這樣的調動，對他來說等同流放。

他一度覺得很不甘心，無法接受這樣的安排，可安卡告訴他，不如就當來地球度假。於是他平靜下來，努力調適心態，開始一點點接觸地球上的新鮮事物，瞭解這裡的人類。

然後他接到總部下達的任務，保護一個名叫葉雨宸的地球人，並且藉由他找到了流失在外的星雲碎片。這是他第一次和地球人直接接觸，也是第一次，開始實際運用在設備機上學到的內容。

外星警部入侵注意

從那天開始，時間過得很快，不過一眨眼，近一週的時間就過去了。

「我不知道。」蘇迪最終給出了這樣的答案。是的，他還說不出地球是顆怎麼樣的星球，他覺得他能說出來的，頂多是葉雨宸是個怎麼樣的人。

安卡挑了挑眉，雖然青梅竹馬面無表情，她還是察覺到了他的想法，她笑著說：「這裡雖然科技還不算發達，人類也沒有進化到最高級，但我在這裡覺得很輕鬆。地球人的感情世界很豐富，只有在這裡，才能真正體會到什麼叫人情味。」

人情味嗎？蘇迪在心裡重複這個詞，突然覺得感觸良多。他想，他能明白安卡的意思了。

ALIEN INVASION ALERT!

外星警部入侵注意

>>>CHAPTER.10

外星警部入侵注意

「安卡上校，您快來看這個！」

宇宙警部地球指揮部的辦公室中，正如往常一樣負責過濾資訊的警部突然驚呼起來，不可置信地看著面前的電腦螢幕。

正和佩里一起分析新入手的星雲碎片品質的安卡聞言挑了挑眉，邊應話邊走了過去。身後，一臉八卦的佩里毫不猶豫地跟上。

電腦螢幕上是一段影片，標題則用加紅加粗的字體寫著：「網友聲稱親遇外星人！差點被洗腦！」

小警部隨即點開影片，那是一段藏匿了主人公、使用了變聲器的語音影片，詳細地描述了一段巧遇外星人繼而差點遇害最後被洗腦卻幸好沒有成功的經歷。

影片是在早上六點上傳，不到三個小時，網友評論已經超過了五位數，小警部移動網頁捲軸，讓身邊的上司大略流覽一下前面的評論。

「哈哈哈，原 PO 接下來是不是就要變身超級英雄保衛地球了？」

「嘖嘖，最近外星人題材的電影越來越多，原 PO 的腦洞也跟著與時俱進了真是厲害啊，這故事寫成小說不錯呀。」

「聽起來邏輯很清晰耶，還真有點親身經歷的味道。」

「有關外星人會降臨地球然後對人類洗腦的猜測其實一直有吧，只是之前都沒人能講出這麼清楚的過程。」

「原PO很天真，原PO很偉大，公布這個經歷可以讓我們廣大民眾做好心理準備，但總覺得原PO很快就『又』要被外星人請去喝茶了。」

「哈哈哈哈，原PO如果是想炒作的話應該至少要放出照片吧，我賭一車黃瓜，原PO是個腦洞打開就關不上的腐女。」

「滾，樓上的閃邊去！不要每次都把腐女講得跟腦殘一樣，我們才不會做這麼沒節操的事咧！」

「這年頭……」

眼看著評論歪樓歪得越來越遠，安卡一頭黑線地阻止了還在往下刷留言，而且似乎越看越有意思、連表情都興奮起來的小警部，轉頭對佩里說：「去查一下這個影片上傳者的原始IP位址，我們得把人找出來。」

雖然影片裡的故事是編造的，但從一些細節上可以聽出來，那人就是流利碼頭事件的參與者，而且，宇宙警部對他的洗腦沒有成功。

「咦？這個地址是……」佩里的效率一向驚人，不到一分鐘的時間，已經鎖定了嫌犯。

安卡走到他身邊，隨口問：「是哪裡？」

佩里眨了眨眼，緩緩轉過腦袋，乾巴巴地說：「是葉雨宸的家。」

葉雨宸？安卡露出了驚訝的表情，葉雨宸和陳樂的催眠是她親自參與處理的，按理不可能有任何紕漏，怎麼可能出現催眠失敗的情況呢？

「定位葉雨宸的位置，我去見他。」安卡沉思了片刻後，果斷下了令。

佩里點頭，三兩下就找到了目標。「他在星光影視公司。」

此刻，星光影視公司的會議室中，一場嚴肅的對話正在進行中。

「莉莉已經提出辭呈正式離職，那麼，只能重新招聘一名助理了。雨宸，要求不變吧？」

「呃……」

「長髮長腿大胸部？」

「唔……」

「啊對了，還要加上一點，要對香水有研究而且有品味對吧？」

「我在想，不如暫時不要徵助理了吧。」

會議室因為這句話而陷入沉寂，除了發出驚人之語的葉雨宸外，所有與會者的眉頭都忍不住跳了一下。

一秒鐘後，他們面面相覷，懷疑自己的耳朵是不是短暫地出了問題。

人氣如日中天的超級偶像葉雨宸，因為工作較為忙碌的關係，向來喜歡把身邊一切瑣事交給助理打理，包括他進劇組拍戲時每天幫他家的貓準備好吃的貓罐頭。

而且大明星有嚴重的賴床習慣，助理除了負責協助他安排工作、照顧他的起居外，還要兼任人工鬧鐘，這可絕對不是一份簡單的工作。

「最近工作不多，距離下次進劇組也還有三週的時間，我想先試著自己處理一些日常小事。助理換來換去的老實說讓我很困擾，乾脆不要安排也就習慣了。」

再說雪團很乖，如果覺得不行的話，之後我把牠一起帶去劇組就沒問題了。」

葉雨宸說這話的時候臉上維持著淡淡的笑容，但任誰都看得出來，他心情不是很好，似乎有心事的樣子。這種情況從昨天就開始了，陳樂關心過，但他並不願意說。

今天開會本來就是為了助理的事，現在雨宸都發了話，這場會議也沒有繼續下去的意義了。陳樂宣布散會後，葉雨宸第一個起身離開了會議室。

「樂哥，雨宸這是怎麼了？該不會是失戀了吧？」夏玲手裡抱著一疊資料，湊近陳樂後忍不住問了一句。

「亂說什麼，雨宸已經很久沒鬧過緋聞了。」

「哎喲，樂大哥，失戀和緋聞沒關係吧，緋聞都是媒體編的，我看雨宸的樣子像是失戀，就算不是，也至少是失落。」

陳樂腦袋上冒出幾條黑線，一轉頭狠狠朝夏玲的腦袋敲了一下，沒好氣地說：

「失戀和失落是近義詞嗎？是嗎是嗎是嗎！」

會議室外，葉雨宸獨自走在走廊上，在經過一幅星際戰警的海報時，他不自覺地停下了腳步。

果然，除了他之外，竟然沒半個人記得公司裡曾經有一個叫蘇迪的員工。沒有人記得他曾經有一任男助理，甚至沒有人記得他是靠那個人才能接演陸韓電影的角色。

除了蘇迪本身以外的所有事件都存在，只不過，那個人的痕跡被從所有人的記憶裡抹去了，一點點痕跡都沒有留下。

葉雨宸看著海報上威武帥氣的主角，輕輕歎了口氣。

那天在流利碼頭蘇迪和他說的話他都記得，蘇迪說會給他一段時間，讓他考慮到底要不要接受父親留下的遺產。可他沒想到，蘇迪會完全讓他一個人去考慮。

他的父親，也是外星人嗎？一想到還有這件事，葉雨宸就覺得一個頭兩個大。

自那天碰過那塊詭異的石頭後，很多原本沒有的記憶開始出現在他的腦海中。

他這才意識到，這麼多年來對父親的厭惡，也是因為他曾經被催眠的關係。

他的父親並不像他說的那樣沒有盡過父親和丈夫的責任，曾經，他們一家三口也很幸福。他也像其他男孩子一樣，騎過父親的肩膀和背脊，和父親一起踢過足球，打過籃球。

可那樣的父親，卻突然離開了他們，還傷害了母親。那個人還會回來嗎？是不是只要他接受了遺產，那個人就有回來的可能呢？

「葉雨宸，可以借一步說話嗎？」

沉思間，身後突然響起並不陌生的優雅女聲。葉雨宸渾身一震，欣喜地轉過頭。「安醫生！」

安卡就站在星光的走廊上，她身邊開著一扇虛空傳送門，同時還張開了結界，確保其他經過走廊的人都不會看到他們。

見葉雨宸一下子就認出了她，她並不意外，畢竟，已經完全確定之前的催眠失效了。

葉雨宸笑容滿面地走過去，同時激動地說：「你們果然能看到那段影片嗎？我想了很久，覺得一定要聯絡上你們，就上傳了那個影片，能成功真是太好了。」

「回去詳談吧。」安卡說著，抬手示意葉雨宸跟她走，隨即跨進了傳送門。

看著憑空出現的一團藍色光暈，葉雨宸的心跳有些失衡，但想到或許這樣就能再看到蘇迪，他深吸了口氣，邁開了步伐。

穿過傳送門並沒有什麼不適的感覺，但彷彿瞬間移動般四周的景色突然變化，還是讓葉雨宸覺得很新奇。看著陌生的宇宙警部辦公室，他就像是被帶進大觀園的劉姥姥。

「雨宸哥，沒想到我們又見面了。」穿著白袍的銀髮少年在一邊殷勤地朝他揮手，臉上掛著狡黠的笑容。

葉雨宸看到他，瞪圓眼睛，指著他驚呼：「你是蘇佩！」

「呃，其實我的名字叫做佩里……」

「是這樣嗎？不過你現在這個樣子看起來真的像外星人了，啊哈哈哈哈。」葉雨宸說著，直接跑到佩里身邊，摸了摸他銀色的短髮。

佩里滿頭黑線，這個地球人……每次見到外星人都這麼淡定真的正常嗎？難怪洛倫佐前輩的報告裡用天然呆這個詞來形容他！

「安醫生……」

摸完佩里的頭髮後，葉雨宸轉向安卡，剛開口，安卡就笑著打斷了他：「你可以叫我安卡，我是宇宙警部地球指揮部的總負責人。」

地球指揮部的總負責人啊，聽起來是個高官的樣子呢。葉雨宸心裡這樣想著，笑著點了點頭。「好，安卡，蘇迪在嗎？我想見他。」

「你是為了見他才試圖和我們聯絡？」

「可以這麼說吧，我有很多事想問他。」

葉雨宸的表情很認真，雖然同樣的問題他現在也可以問安卡和佩里，但不知道為什麼，他覺得有蘇迪在的話他會比較安心。

安卡抿唇沉吟片刻，露出遺憾的表情。「蘇迪已經調回總部了，他是我們的金牌警部，之前會來地球，只是臨時調任而已。」

「你的意思是……他不會再回來了？」葉雨宸微微睜大眼睛，一臉不可置信。怎麼會這樣呢？那傢伙不是說給他一段時間考慮的嗎？既然給他時間，不就證明那人會回來確認答案嗎？搞了半天，那人是在騙他嗎？

安卡點了點頭，似乎是察覺到他的情緒變化，試圖安慰他：「我不知道洛倫佐之前答應了你什麼，但只要你能幫我們宇宙警部保守祕密，他答應你的事，我都會做到。」

外星人真實存在這件事，當然不可能瞞住所有地球人，因為偶爾確實也會存在催眠無法成功的對象。而深度催眠雖然可以強制抹去所有記憶，但是會對人體產生很嚴重的傷害。從人道主義的角度來說，宇宙警部身為維持宇宙和平的正義方，是絕對不會使用這種方法的。

所以對於某些特殊的人類，宇宙警部會和他們達成協議，給予金錢或者其他對方想要的獎勵，換取他們保守祕密的承諾。

但很顯然，葉雨宸並不需要這些。他愣愣地看著安卡，只覺得心裡的失落變得像無底洞一般。

「他並沒有答應過我什麼。」許久後，葉雨宸語氣低落地說出了這句話，整個人像是泄了氣的氣球般。

安卡和佩里對視一眼，兩人的表情都透出驚訝。雖然剛才的話說得不是很直白，但正常人都聽得出來那是要給予好處的暗示吧？

「呃，雨宸哥，和我們達成協議的話，你只需要做到保守祕密，但我們會給你很多好處。金錢、名利、地位都可以，甚至如果你想去宇宙暢遊一次也不是不可能喔。」

佩里決定解釋一下安卡的話，畢竟，如果什麼都沒給就要他保守祕密的話，他們會很沒有安全感。

葉雨宸微微皺了皺眉，想了想後說：「我沒什麼想要的，放心吧，我會幫你們保守祕密的。」

「可是，這樣不合規矩啊……」佩里很為難，事實上，協定要達成，當然必須雙方都有付出。地球人付出的是承諾，宇宙警部付出的是物質。

而且一旦協定達成，會形成電波約束，一旦地球人毀諾，就會受到嚴重懲罰。可葉雨宸現在什麼都不要的話，協定就無法達成了，也就是說，宇宙警部將無法對他形成約束。

最後還是安卡想出了辦法，她轉身去研究室拿來了一張半透明的卡片，遞給了葉雨宸。

「如果你無法立刻做出決定的話，不如回去想一想，這是可以隨時打開虛空傳送門的卡片，只要折斷就可以使用。你拿著，想到什麼願望的話，隨時歡迎你過來。」

安卡把好處改成了願望這個詞，她認為這樣比較符合人類的思維模式，也有助於葉雨宸思考。畢竟，金錢、名利、地位什麼的，對普通人可能有吸引力，但對葉雨宸這樣的大明星來說，確實不值一提。

葉雨宸看出安卡和佩里對這件事很重視，只能先收下卡片，答應回去好好想一想之後，就提出要回家。

安卡本來做好充分準備要為他解惑，畢竟外星人這個概念對地球人來說是很新奇也很複雜的，她甚至打算把他們宇宙警部的情況全部介紹一遍。可哪裡想到，對於這些，葉雨宸似乎並不想知道。

看著頭也不回離開的人，安卡和佩里面面相覷，心裡卻不約而同地想：洛倫佐，你到底給人家下了什麼迷藥，搞得人家一副魂不守舍的樣子！

回到家的葉雨宸，進門就看到雪團捲成一團窩在沙發上。他走過去，把愛貓抱進懷裡，緊緊抱住，就這樣在沙發上發起呆來。

外星警部入侵注意

平時被他這樣抱住絕對會張牙舞爪抗議的雪團，今天似乎感受到了主人沉重的心情，居然破天荒的沒有掙扎，反而伸出舌頭，輕輕舔了舔他的臉頰。

一週後的某個陽光明媚的早晨，宇宙警部辦公室突然迎來了兩位不速之客。就在安卡和佩里瞪大眼睛還沒反應過來這是什麼情況時，傳送門發出有人到訪的示意聲，接著，一個人從門裡急奔而出。

「安卡，我想到我要什麼了！我要加入……」

衝出門的人激動地喊著什麼，可話沒說完，就因為看到兩位不速之客後猛然停下腳步，瞪圓了眼睛一副見鬼的樣子。

葉雨宸感覺眼睛快被自己瞪出眼眶了，可他實在是太震驚了，就算有人告訴他他現在是在做夢他也會覺得這太扯了。

他下意識地揉了揉眼睛，還用力拍了拍自己的臉頰，再定眼一看，那兩個人確實真實地站在他的面前。

穿著黑色緊身制服的蘇迪還和印象裡一樣帥氣英俊，在看到他的瞬間，男人眼中也流露出驚訝，但很快，一抹淺淺的笑意就浮了出來，轉瞬即逝，可沒有逃過他的眼睛。

而另一個穿著白色制服，看起來和佩里一樣是研究人員的男人，則和他記憶中沒有絲毫差別。只不過，當初那個多少有點邋遢不修邊幅的男人，現在變得整整齊齊乾乾淨淨，讓他覺得很不適應。

男人的長相十分出色，是那種帶著點野性的帥氣，和他並不像，但看得出來，他們的身高體格很相似。

「雨、雨宸！」男人在驚訝地盯著他看了幾秒鐘後，突然有如火山爆發般大吼了一聲，直接衝過來用標準的熊抱姿勢緊緊抱住了他。

那一瞬間，葉雨宸終於徹底體會到了平時雪球被他抱緊時的痛苦。

「天哪，我實在太驚訝了，沒想到一回來就能看到你。這幾年你過得好嗎？還有雲秀，雲秀她還好嗎？」

男人在最初的激動過後就鬆開了懷抱，改用雙手緊緊握住葉雨宸的肩膀，臉色因為激動而變得通紅，巨大的喜悅根本無法掩飾。

聽到母親的名字，葉雨宸瞪了瞪眼睛，沒好氣地吼了起來。「你還有臉提我媽的名字？你知道她現在變成什麼樣子了嗎？我不管你以前有什麼苦衷，我們不會原諒你的，這輩子都不會！」

是的，眼前的男人，就是他的父親。那個小時候把他騎在肩膀上，幸福地牽著他母親的男人，同時也是在四年前的事故中失蹤被警方判定死亡的男人。

從蘇迪那裡得知自己的父親可能是外星人的那一刻起，葉雨宸就想過也許他們還有重逢的一天。他甚至對此期待過，可當他真的看到這個人好端端地站在自己面前，還提起母親的時候，他發現自己還是很生氣。

那些朝夕累積起的恨意，根本無法簡單消除。

「既然你沒死，為什麼不早點回來？為什麼要害媽變成那樣？你知道我們這四年是怎麼過來的嗎？你知道我有多絕望多恨你嗎！」

從未在人前說過的話，一股腦被他用超群的音量吼了出來，而承受他怒意的男人怔怔看著他，片刻後，居然流下了眼淚。

「對不起，對不起雨宸，我從沒想過要傷害你們。那天晚上的事是意外，追我的人過量使用了異星能量體，導致強烈的能量輻射，我只能盡最大的努力保護雲秀活下來。你相信我，這幾年我一直在找可以讓雲秀恢復的方法。我找到了，我已經找到了，雲秀她，你媽媽可以恢復的！」

男人再一次抱著他，像個小孩子一樣嚎啕大哭，邊哭邊說著這一連串的話，哽咽的聲音要多難聽有多難聽。明明身材高大，卻哭得渾身顫抖。

被他抱在懷裡的葉雨宸，感受著這份真實流露的感情，才發現自己的怒氣在男人的懷抱中漸漸消失了。

感慨過後，他後知後覺地意識到什麼，一把抓住男人的手臂大聲問：「你說的是真的嗎？媽媽可以恢復？」

男人聽到這個問題後神情激動，抬手抹了抹臉，把眼淚抹乾淨後點頭說：「對，我這次回來就是為了這件事，雨宸，給我一年，不，半年的時間，我一定會還你一個健康的媽媽。」

葉雨宸愣愣地看著自己的父親，不敢相信自己的耳朵，這四年來，母親的病情從不曾有過起色，他雖然表面不曾放棄，其實心裡早做好了最壞的打算。

可現在，父親告訴他，只要半年，母親就可以恢復？

「我要帶她去索科星，」男人激動地握著拳，來回自動，邊走邊說：「那裡空氣很好，也很美，她一定會喜歡那裡的。我們可以邊治療邊到處旅行，她說過喜歡大海，索科星的海很藍，比地球的更藍。」

「等等，你要帶媽媽去其他星球？」葉雨宸目瞪口呆。只要母親可以恢復，別說半年一年，就算五年十年他也願意等，可是，去外星球？他沒聽錯吧？

「當時的輻射能量包含大量有害物質，正是那些有害物質影響了雲秀的腦部功能，目前全宇宙只有索科星的空氣成分可以逐漸化解這種物質。」

男人儘量用簡單的語言解釋著，他也知道就算把有害物質和空氣成分都用專業術語說出來，他的兒子也不可能聽得懂。

葉雨宸的眉又皺了起來，這幾年母親雖然不認識他，但至少沒有離開過他身邊，現在卻突然要去一個他從未聽過的星球，這也太遠了吧？

他的目光不自覺地朝蘇迪看了過去，一直保持著沉默的人接觸到他的視線，淡淡開口：「只是半年的時間，很快就過去了，這確實是唯一救你母親的方法。」

「既然如此，那好吧。」葉雨宸撇了撇嘴，算是答應了這件事。

這讓他的父親不禁朝蘇迪看了一眼，目光有些不善，還咬了咬牙，心裡想著：為什麼我兒子連我都懷疑，卻願意相信你這小子說的話？

蘇迪接收到他的挑釁，面無表情地轉開了視線，嘴角的弧度卻出現了一點點不易察覺的變化。

「那我們快走吧，我要去接雲秀，今晚正好有去索科星的飛船。啊，對了，雨宸，你剛才進來的時候想說什麼？」

興沖沖的男人原本拉上葉雨宸就要走，但邁開兩步後突然想起兒子原本今天過來好像不是來見他的，連忙問了一句。

葉雨宸跟著「啊」了一聲，看來也是父子重逢一激動就差點忘了正事。他轉頭看向安卡，一本正經地說：「我想加入宇宙警部。」

「你說什麼？」站在旁邊的佩里第一個驚叫起來。這幾天他和安卡可沒少討論過葉雨宸的願望，上天入地，什麼五花八門的答案都猜過了，可結果，他們完全沒猜到關鍵。

外星警部入侵注意

安卡也傻眼了，愣愣看著葉雨宸，完全不知道該做何反應。

葉雨宸往前跨了一步，兩手橫抱在胸前，擺出一本正經的臉開始敘述他的理由：「我想過了，我什麼也不缺，唯獨缺點刺激，加入你們好像會很好玩。」

辦公室陷入了死寂，所有聽到大明星要求的人彷彿全都石化了，唯一的例外是蘇迪。他就像是聽到了什麼超級好笑的笑話，整個人側過身去，雖然克制著沒發出笑聲，肩膀卻抖動得很明顯。

見安卡像雕像一樣站在原地動也不動，葉雨宸走到父親身邊勾住了他的肩膀，繼續補充理由：「本來我還擔心自己不夠資格，雖然之前就知道我有個外星人老爸但畢竟是失蹤人口很難有說服力，但是他現在出現了，而且看他的樣子也早就加入你們了，這樣的話我也沒問題吧？」

雖然他是不知道混血外星人和純種外星人有什麼區別，對宇宙警部這個職責部門到底要幹什麼也不太清楚，但既然是要追求刺激，那謎團越多越好不是嗎？尤其是，原本說再也不會來地球的蘇迪回來了呢。

許久後，安卡在一陣頭痛中回答：「這件事不是我一個人可以做決定的，需要上報總部，另外，你需要兩個推薦人……」

話沒說完，那邊葉雨宸的老爸已經急切地用手指著自己的鼻子。看樣子，他完全不反對兒子加入。

安卡歎了口氣，朝青梅竹馬的方向也看了一眼，蘇迪雖然不像葉雨宸他爸那麼直白，但嘴角輕揚的樣子，顯然是支持這件事的。

「我覺得我比較適合待在充滿人情味的地方。」

這是今天早上這男人突然出現之後，邊拿出調令邊對她說的話。想到這裡，安卡覺得頭更大了。

一個個都喜歡給她驚喜，難道沒人知道她其實一點都不喜歡驚喜嗎！

在讓葉雨宸填了一張表格後，安卡一臉嫌棄地把三位不速之客全都掃出大門。在蘇迪經過她身邊時，還露出了怨念的表情。

蘇迪倒是十分坦然，聳了聳肩朝她一揚手，低聲說：「以後就拜託了，安卡上校。」

因為走的是可以設置出口的傳送門，所以出來的時候，三個人直接就到了靜水療養院的大門口。葉雨宸的父親顯然知道這裡，一臉急切地快步走了進去。

蘇迪看著他的背影，猜到當年應該就是他一口氣支付了穆雲秀的療養費。

房間裡，失神的女人坐在窗邊，臉上掛著淺笑，如往常一樣不知道在想什麼。直到男人衝進去，一把抱住她之後，她竟然一點一點緩緩地抬起手，回抱住了對方。

她的表情仍然沒什麼變化，可兩行眼淚，卻從眼眶裡流了下來。

看到這一幕，葉雨宸和聞訊趕來的周醫生都呆住了。房間裡，葉雨宸的父親再度失聲痛哭，不斷地叫著妻子的名字。

「這、這太神奇了，葉先生，您母親開始有反應了，這是病癒的前兆啊。」周醫生激動得語無倫次，兩手握住葉雨宸的手，恨不得跳起來表達他的興奮。

葉雨宸的眼中也閃爍著淚光，不斷點頭，感慨地說：「這些年來，媽媽果然是在等他，就算什麼都不記得了，那個人的影子也在她的心裡。」

「刻骨銘心的記憶，是無法被消磨的。」身邊的蘇迪淡淡說了一句，依舊是那樣一張面無表情的臉，此刻卻讓人覺得他也散發著溫暖。

葉雨宸大大咧開嘴角，在周醫生離開去辦出院手續後對他說：「今天你倒是難得善解人意嘛。」

蘇迪聞言嘴角輕揚，涼涼地回答：「公眾場合，惹哭你的話不太好。」

葉雨宸的大腦當機了一秒，額頭上隨即跳出碩大的十字青筋，手也緊緊握成了拳。什麼善解人意啊，他要收回前言！

沒想到，這個想法剛冒出來，身邊的人又接了一句：「你們地球有一句俗話叫『說出去的話就像潑出去的水』，你應該比我更瞭解這句話的含義吧？」

這一次，葉雨宸冷哼了一聲，乾脆直接不理他了。

隔了好一會兒，大明星才語氣不善地開口：「你不是嫌地球配不上你金牌警部的身份回什麼總部去了嗎，幹嘛又回來？」

蘇迪一聽這話，就知道是葉雨宸添油加醋之後幫他加上的莫須有罪名。以往如果有人在他面前這樣添油加醋會讓他很不快，可今天，偏偏沒有這種感覺。

他只是淡定地反問：「你不希望我回來？」

一句話問得葉雨宸吐血。喂喂，你能不能不要一副把別人完全看穿的高高在上好嗎？有沒有人說過你這樣真的很可惡很不討人喜歡啊！

「還會離開地球嗎？」無視反問，葉雨宸開始發揮刨根究底的精神。

蘇迪抬頭看了眼天空，面無表情地回答：「這要問宇宙了。」

雖然他想待在安卡口中充滿人情味的這顆藍色星球上，但是他有他的職責，如果今後在其他星球上發生只有他能解決的事件，他會毫不猶豫地趕過去。

葉雨宸顯然明白他的意思，撇了撇嘴。

「最後一個問題。」

「你的問題好多。」

「你的名字到底是什麼？我聽安卡他們好像叫你洛倫佐。」

葉雨宸覺得這是個很重要的問題，畢竟，認識一個人，要首先從知道對方的名字開始。而蘇迪，可能並不是這傢伙的真名？

男人轉頭看向他，挑了挑眉。「洛倫佐．金．哈克．蘇迪。」

洛倫佐．金．哈克．蘇迪……葉雨宸在心裡默默重複了一遍，覺得頭有點暈，果然外星人的名字比外國人還複雜！

「雨宸，可以走了。」

這時，葉雨宸的父親辦好了出院手續，抱著穆雲秀出來了。他臉上還殘留著重逢的喜悅，而她安靜地靠在他懷裡，就像是終於找到了安心的歸所。

這樣一副讓人溫馨的畫面，雖然因為穆雲秀神志不清而有所遺憾，但可以預見的是，在不久的將來，這一點遺憾也會被徹底彌補。

葉雨宸露出開心的笑容，拍了拍蘇迪的肩膀，率先跟了上去。而靜水門外，Alex 已經等候多時了。

——《外星警部入侵注意01》完

高寶書版集團
gobooks.com.tw

輕世代 FW278

外星警部入侵注意01

作　　者　冰島小狐仙
繪　　者　高橋麵包
編　　輯　林雨欣
校　　對　林雨欣
美術編輯　林鈞儀
排　　版　彭立瑋
企　　劃　方慧娟

發 行 人　朱凱蕾
出　　版　英屬維京群島商高寶國際有限公司臺灣分公司
　　　　　Global Group Holdings, Ltd.
地　　址　臺北市內湖區洲子街88號3樓
網　　址　www.gobooks.com.tw
電　　話　(02) 27992788
電　　郵　readers@gobooks.com.tw（讀者服務部）
　　　　　pr@gobooks.com.tw（公關諮詢部）
傳　　真　出版部　(02) 27990909　行銷部 (02) 27993088
郵政劃撥　50404557
戶　　名　三日月書版股份有限公司
發　　行　三日月書版股份有限公司/Printed in Taiwan
初版日期　2018年7月

國家圖書館出版品預行編目(CIP)資料

外星警部入侵注意 / 冰島小狐仙著.-- 初版. --
臺北市：高寶國際, 2018.07-
　冊；　公分. --

ISBN 978-986-361-540-8(第1冊：平裝)

857.7　　107006614

三日月書版

三日月書版

GOBOOKS
& SITAK
GROUP©

GOBOOKS & SITAK GROUP©